永遠と驚異

KOYARU Yuki
小夜流 雄貴

文芸社

プロローグ

「ようこそ、初めまして、君たちをお待ちしておりました。先生と言います。よろしくお願いいたします」

そのはつらつとした第一声は、緊迫した空気の中を透き通って消えていく。

先生は続けた。

「なぜ急にこんなところに、って顔をしているね」

白いワイシャツに黒のパンツ。短髪黒髪、ニコッと微笑みかける表情は、愛嬌を感じさせる。年齢は四十前後だろうか。

先生と名乗る者は、ピンと張られた糸の上を臆することなく歩き続ける。

〝ドア〟を開けた時、思ったところとは別の場所にたどり着いていた。

目次

選ばれし者たち

邂逅。

ひとりひとりが偶然に出逢う。

部屋には、四人の若者が所在なさげにたたずんでいた。


ボールが投げられた。それを最初に投げ返すことは強心臓を要する。

「先生？　誰よあんた！　ってか、あなたが先生なの？」

気の強そうな女性が食って掛かった。

「そうですね、まずそこですね。君たちがここにいる理由は、単に選ばれたからです」

「選ばれた？」

「そう。選ばれたのです。宝くじのようなものです。ただ、当たったのです、〝宝くじ〟が。

大当たりです」

今にも「チャリンチャリン」と鈴が、いや宝くじなら大きな鐘が心の中で鳴り響くだろう。

そう、胸を躍らされる。

「くだらない話だったら、早く帰してほしいんだけど」

腕をがっしりと組んだ男が言った。

「そう焦らずに、何も始まっていないから」

宝くじすらも会心の一撃ではなかった。


先生と名乗る者は、淡々と説明を始めた。

四人の若者は訝しげな表情で話を聞いていたが、いいものだということを確認できれば、しかもそれが大当たりだとするのであれば――。

若者たちは少し前のめりに、気持ちを感じた。

「では、何が、どこが当たりなのか、説明します」

その事実は、ただただその時代の流れに身を任せる。血を血で洗う世だとすれば、それはこの〝絶望〟から解き放たれると藁にもすがっただろう。

「君たちは、望むものを永遠と手に入れられるのです、永遠と。君たちの机の引き出しの中に紙が入っていると思います。全部で十枚」

部屋には、整然と並べられた四つの机。スチール製の脚と少しの光沢を帯びた天板、脚部の底は二重キャップ構造になっており、床を傷つけないよう工夫されている。昔ながらの学習机だ。

「君たち」と呼ばれて真っ先に動き出したのが、強心臓の女性だった。セミロングにダークブラウンの髪色。さりげなく映るヒカリ物を耳や指にいくつか身に着け、派手ではない落ち着いた服装は、〝大人な女性〟を漂わせる。

「そこにある紙に願いを書いてください。自分が一番望んでいるものです。世界です。望む世界を書いてください。書けばその願いは叶います」

先生は、そう続けた。

「はっはっはっ。今時、そんなの誰が聞くんだよ」

威勢のいい男が、声高らかにほえる。腕を組みながらどしっと構えた姿は、まるで王様。何かを待っているような王様だ。

「あんたの古い時代だと通じたかもしれないけど、今の時代はみんなあんたの時代なんかよりずっと頭がいいぞ。そんなのに騙されるわけない」

人を食ったような冷ややかな笑いが部屋の中を飛び交った。

「望む世界って何よ、うける！」

王様の後に続いて、彼女もまた女王のように振る舞おうとしている気概がうかがえる。だが、目を泳がせているために、女王になりきれていない。彼女の名はエリ。

するると、先生が言った。

「うん、その反応でいい。ひとまず、嘘だと思って聞いてみてほしい」

〝王様〟は、ふんと、鼻を鳴らした。

「んで、それがどうしたのよ。その世界を手に入れるために、ここで殺し合いでもするのか？」

「そんな、とんでもない。そんな物騒なことではありません。ここは、もっと楽しいところですよ。ただ、その紙に願いを書くだけです。ただ書くだけ。そうしたら、願いが叶います」

依然としてまだ余裕がありそうだ。

すると、先生はさらにこう言った。

「ただ、制限があって、その十枚はあくまで、仮の世界。仮の部屋です」

願いが叶う。紙に書くだけで。そんな現実があるのだろうか。存在していいのだろうか。

続けて先生が話す。

「各自が思い描く世界を仮の〝部屋〟につくることができます。ただ、そのうちまたこの教室に戻ってきます。最初は、みなさん早く戻ってくると思いますよ。望んでいる世界なんて、曖昧だから」

先生と名乗る者は、ひとしきりしゃべり終わると辺りを見渡した。

半信半疑。いや話の半分も信じていない目の前の若者たち。それを目の当たりにしても動じない先生。経験が違うのだろうか。その場の緊張感が増していく。

互いに一歩も譲らない。

だが、本来ならそんな虫のいい話、すぐに一蹴できるものだ。たとえ相手が総理大臣だとしてもだ。

ただ、そううまく話は進まない。なぜなら、ここにいることがまず〝普通〟ではないからだ。


ここに集められたのは、先生と〝生徒〟。

なぜかって、ここは教室だから。

黒板があり、机があり、少し上がって教壇がある。

懐かしの教室。そこに入って来た彼ら彼女らは、自然と導かれるように着席していた。

「口頭で話しても信じてもらえないようだから、まずその世界を体験してもらおうかな」

先生が手をポンッと鳴らす。

「その紙の一枚に、一番叶えたい願いを書いてください。よく考えて書くのがいいですよ。そうしないと、すぐにここに戻ってきてしまうから。ちゃんと考えてくださいね。それでは、書けた人からここに持ってきてください」

課題を与えられ、静まる教室。

各々の行動、判断を委ねられた若者たち。机の中に紙と一緒に入っていたペンを手に持ち、願いを探す者、先生を疑い反発する者。

一人一人の思惑が室内にうごめいていた。

しばらくすると、一人の生徒が先生のもとへやってきた。

「ほらよ。書いたから、早く元の場所に帰せよ」

「はい。え～と、何君かな？」

「………」

黙ってやり過ごしている男子生徒に対し咎めることはせず、先生はそれを許すように優しく見守った。

「みなさんは書けましたか？　書けた人からここに持ってきてください」

まるでいつかの授業みたいだ。

「先生！」

威勢のいい若者が、手を挙げた。白いTシャツに紺のジャケットを羽織っている。先ほどまで隣に座っていたスポーティーな彼よりは、少し動きが難しそうな印象を受ける。

「はい！　えっと……何君かな？」

「高宮です」

「はい、高宮君！　何でしょうか？　何でもいいですよ」

「これってつまり、アウトプットっていうやつですか？」

「アウトプット？」

「先生の年代ならわかるでしょ！　アウトプットすることで、それを叶える確率が上がる的なやつ！」

高宮は、先ほどまでの懐疑的で好戦的な表情とは異なり、柔和な笑みを浮かべて言った。

「あー、そうですね。その解釈もいいと思います。アウトプットって、誰にするかとかが、重要だったりしますので」

先生は同じように柔和な様子で接している。どのようなものも、自らが柔らかければはじき返すことはない。そう、強い意志を持っているようにも見える。

高宮はそんな先生の反応をワクワクして待っていた。

「やっぱそうか、そうだと思ったんだよ！　やっぱりね」

自らの答えと照らし合わせられたのだろうか。たしかなものを手に入れた者は、声高らかにほえた。

「先生、というか先生ではないですよね？　ただのセミナーの講師。今の社会ってよくあるよね～。『こうすれば成功します！』とか『幸せになります』とか。そういった類いのやつ。そうですよね？」

〝よくあるもの〟。簡単に一つにまとめられてしまうもの。その時代を表しているような。簡単にまとめられるものほど、便利なものとして世の中から好かれる。しかし、それが一つの人生だとしたら――。

高宮のステレオタイプな断定に、先生は「うーん。そうではないのですが……」と初めて戸惑いをみせた。

「僕もそういうのに入っていたのでわかりますよ！　わかりやすすぎ！　まぁでも、そういうところに行ってないとわからないやつも多いか。ここにいるやつらなんかはとくに行ってなさそうだもん」

時代の追い風。世の中に風が吹き始めると、それに乗っかる者、流される者が出てくる。それが楽だから。速く走れるような錯覚に、成長というものを感じやすくなるから。ただ、その風が吹き荒れると、その場所を大切にしている者にとっては、向かい風になってやってくる。今に満足するなと踏みにじるように。

気分が乗ってきたのか、高宮の言葉が走っていく。

「先生！」

「はい、何でしょう」

「僕は、他の場所に所属していたこともあるので、だいたいのことはわかってます。ただ先生も必死にやってるんで、一度だけは乗ってあげます。今回だけですが」

「うっさいな。さっきからうるさいんだけど。黙ってて」

そんなエリの言葉に高宮がうすら笑いを浮かべると、室内の空気が一瞬張り詰めた。

「他のみんなはどうかな？」

先生が問いかける。

〝みんな〟と曖昧な聞き方をしているが、もうそれは一人しか対象にしていなかった。なぜなら、一人がすでにこの教室から去り、一人は先生と会話を続けている。もう一人もその様子に反応を見せている。あと一人はうつむき、沈黙を続けている。教室に生徒は三人しか残っていない。

「先生。書けました。これでいいですか？」

早々に書き終わった高宮が紙を提出した。

「はい。大丈夫ですよ」

「はーい。ありがとうございました。じゃあ、またどこかで会うことがあったら」

彼は生き生きと教室を後にした。

ドアが閉まるのを確認した先生は、残った者に声をかけた。

「焦らなくていいですよ。ゆっくり考えてください。時間はたっぷりあるので」

と〝居残り勉強〟が始まった。

しばらくして、エリが紙を提出した。

「はい。ありがとうございます。行ってらっしゃい」

最後に、唯一反応がなかった若者も、紙を提出して教室を出て行った。

「自分の部屋は間違えないようにしてくださいね」

教室を出て行った生徒に、先生は優しく声をかけた。

*

「みなさん、いかがでしたか？」

早々と教室に戻ってきた四人がそこにいた。

「意外とここへ戻ってくるのが早かったような気がします。……みなさん、私の話を信じてもらえましたか？」

先生はおそるおそる全員の顔を見る。

「………」

静まりかえる教室に音をもたらしたのは、真っ先に部屋を出て行った彼だった。

「なんも変わってねぇよ。なんでまたここに戻されるんだよ」

「えっ!?　君の部屋は何も変わらなかったのですか？」

意表をつかれたと言わんばかりに、先生が右往左往する。

「変わってねぇよ。いつもの日常だ！」

「え、えーと。君は一枚目に何て書きましたか？」

男の眉間に、厳しくしわが寄る。

「先生！　彼はおそらく先生の言葉を信じていなくて、『現実に戻りたい』と書いたのだと思います。素直にならなきゃ」

高宮のニヤニヤした表情が鼻につく。

一方の彼は、

「現実に戻りたいっていうか、この部屋から早く出たかったんだよ。……サッカーの練習があるから」

と、バツが悪そうに応えた。彼は、自らを翔と呼んだ。

スポーツマンを漂わせる短い髪型。チームの練習着なのか、胸にロゴが入った上下青のジャージ姿をしている。

先生はその事実にホッと息をつく。

「ごめんなさい。みなさんにお伝えしきれていなかったことがありまして。う〜ん、そうですね。エリさん、この部屋に何か違和感とか、おかしなこととかありませんか？」

一番手に話を振られた彼女は、あからさまに嫌な顔をしたが、仕方なく室内を見回した。

「あーなんか、うちらの後ろに変な絵が飾ってある！　変な絵。ほらこの絵！　陰キャみたいなやつ」

彼女は周りを気にしながらも答えた。

彼女が触れた〝最もわかりやすいもの〟。手っ取り早く共有できるもの。教室の後ろに飾られている、一枚の大きな作品。その中には、一人だけ、真ん中に陣取りこちらを見ている者がいる。表情は見えない。ただ、他に意識をかければ、消えてしまいそうな。今にも、背景と化してしまいそうな危うい存在に見えた。

たしかに、と高宮も同意した。

「このへんてこな絵。絵なのかわからないけど、写真なのかな。なんかよくわからないものがある。絵なのかな、少し昔に撮ったような白黒の写真？」

エリは少しだけ饒舌になった。

その様子を見ていた先生は、そうですよね、と柔らかい笑みを浮かべる。

「いや、やっぱそれって絵だよね！　今どき白黒の写真なんてなかなかないし、よく見れば少し不自然にも見えるし！」

高宮の声が大きくなると、先生は少し気まずそうに言った。

「すみません。その絵は……。といいますか、それは写真なんです。エリさんが言ってくださったように、昔の白黒の写真です。かなり前からあって、ずっと変わっていません」

「………」

「なので、それを絵だと認識されてもおかしくはありません」

決して騙したいわけではなかったのだろう。ただ、偶然による美しい邂逅の邪魔をしたくなかっただけだ。しかし、そんな他愛もない嘘も突き通そうとすれば通せた。優しさと正直さが表に出てしまった。

「だ、だよな！　それって絵じゃないんだ！　昔過ぎると見わけがつかないよ！　ははっ」

高宮は、教室の後ろに飾ってある写真を正面に、じっと構えたまま動こうとしない。振り返る先が見当たらなかった。

そんな背中を覆い隠すように、先生は手を差し伸べた。

「難しいですよね。こういう写真なのか絵なのかわからないぐらい、描けるアーティストさんもいらっしゃいますから」

「……ほんとほんと！　自分の周りにもそういう人いるからわからなくなっちゃうぜ」

沈みかけたその舟は、新たな波に乗っかるようにして、たちまち豪華客船へと形を変えていった。

先生は優しく頷く。

そして、「その他に」と、後に続く者を探した。

「えーと、ごめんなさい。君の名前を教えていただけませんか？」

そう尋ねられたのは、まだ一度も会話に入っていない彼だった。前髪で目が隠れ、パジャマのような恰好をしている。

「……宙です」

「そら君？」

と聞き返すと、彼は少しだけ頷いた。

小さくも返事をしてくれたことに、先生は丁寧な一礼をみせた。

「宙君は、この教室に、他に何か違和感とかありますか？」

「……何もありません」

宙は少し間をおいて答えた。

小さくなっていく声はもどかしくも、先生は聞き返すことをためらった。

「他に何かありませんか？」

「あっ！」とエリが言った。とっさの反応であったため、大きな声が教室に響き渡った。

その声は、物音しなくなった教室に余韻として残るほどだ。

エリは大声を出してしまった恥ずかしさから、身を縮ませるように「教室なのに、時計がないです……」と答えた。

「ほんとだ！　全然気づかなかった。たいてい黒板の上とかにあるもんね」

高宮は興奮に満ちた表情をした。

「そうです！　この教室には時計がないんです」

エリのとっさのひと言。高宮の興奮気味な反応、そして先生の〝待ってました〟と見せる表情。求めていたものと、求められていたものが、完璧な一致をみせた。

「えっ、じゃあ時間とかわからないじゃないですか。まあ、授業とかがあるわけじゃなさそうだけど」

　高宮が訊く。

「授業はありません。ただ、せっかくなので何かしたいとは思います」

　教室の空気がシンクロしたのもつかの間、翔が席から立ち上がった。針を刺すようなピリッとした雰囲気を醸し出している。

「授業とかくだらないし、そんな無駄な時間がとられるくらいなら、俺は帰る」

　慌てた先生は「翔君、ほんの少しだけ聞いてください。これだけ聞いたら帰っていいので」と引き留めようとした。

　そして、続けざまにこう言った。

「この教室には、時計がない。つまり時間が存在しないということなんです」

　虚を突かれた翔は、その場に留まった。

「そう、時間が存在しないのです」

　二人の間に、無限の沈黙が走った。すると、そこへ高宮が入ってくる。

　彼は容赦がない。

「先生ー。時計がないから時間が存在しないって、無理があると思います！」

「う〜んそうですね。では、翔君とエリさんにお聞きします」

高宮の行動を許すように、むしろ常に窓を開けて歓迎するかのように、先生は尋ねた。

「二人は、ほぼ同じタイミングでここに戻ってきたかと思います。そのあと、高宮君、宙君と入ってきました」

全員が少し前の記憶を呼び起こす。

「では、君たち二人は、彼らのことをどれくらい待ちましたか？　何分？　何時間？」


つかまされたものは、どこか不確かで、胸に残るものとして存在していく。たとえその問いに答えたところで、時計がない以上、そこに確かなものは見つからない。

二人の反応を確かめてから、先生は一歩後ろに下がり、両手を広げた。

教壇から背にしている黒板まで一メートル余りある。

「ここは無限です。無限の時があるのです」

目をつむり、今を感じている。音のない、真っ黒な海の底。光を探し求めるわけではなく、無の中で踊る。本来、人間の自由とは、この――。

「先生、何してんの？」

高宮があきれるように言った。

先生は両眼をパッと開き、「驚かないんですか？」と驚きを隠せなかった。

「先生、そんなのは驚かないって。むしろそんなのに騙されないって。もうそんなのに騙される時代じゃないんだって」

わざとらしくため息をついて、高宮は続けた。

「時計がなくても、そんなの数えれば時間なんてわかるよ」

理想と現実の差がどこまであったのか、少なからず思い描いていた理想とは程遠いものであったことはたしかだ。

「そうですか。では、数えてみてください」

「はぁ？　なんでだよ」

先生は何も言わず、数えてみろとでもいうように、手を差し示した。

「いやいやいや、さすがに」

引き気味の生徒たちに対して、先生は下唇を突き出し、あごでさす。ほらやってみろよ、と。

苦く笑い首を横に振るものの、その場の空気に押され、高宮は仕方なく数え始めた。

「いち、にぃ、さんっ……」

「いち、にぃ、さんっ、しぃ、ご、ろくっ、って、数えられんじゃねぇか！」

「はい。数えることはできます」

「うっぜぇ」

と、高宮は吐き捨てるように言った。

「それでも先生かよ。先生って認めてはねえけど、もし先生だったら生徒を騙すのはどうかと思うけどな」

先生は不穏な笑みを浮かべる。

「騙してなんかいませんよ。だってあなたは、ただ数字を数えているだけなんですから」

はいはいと、してやられた者はすねた。

「だっさい男ね。そんなのに騙されるなんて」

エリがあざ笑った。

「うるせえ、だまれ」

二人の争いに割って入るように、

「大丈夫ですよ！　そのうち時間なんてものは忘れていくので」

と先生は言った。


高宮は目の色を変えた。頭の後ろに組んでいた両手をほどき、若干前のめりになる。

「先生。さすがにそれは違いますよ。時間は大事なもので、僕らの一生に一度の人生には厳密な時間を。それこそ、手帳を真っ黒にするぐらいの時間を過ごさなきゃいけない。それがこの生を全うするということだと思います。ましてや、ここが時間に鈍感になってしまうところなら、自分はここから早く出たいです。一応人間ですし、環境の生き物だってことも認識しているので」

「おぉ、それはカッコいいですね。一生に一度の人生。まさに一つの役柄を大切に生きている証拠ですね！　しみじみと伝わります」

「当たり前だ。僕はいつも時間を大切にして、一分一秒も無駄にしないように過ごしてる。だからこんなとこに座っていたくねぇ」

そう語気を強めて主張する彼を見て、先生は「ごめんなさい、ごめんなさいね」と謝った。

「辛いですよね。時間を大切にされている方にとっては」

一定の理解を得られたことに安堵を覚えたのか、高宮は再び両手を頭の後ろで組んだ。

「まぁ他のやつらはそんなこと考えてもないいんだろうけど」

〝他のやつら〟と一まとめにされたエリは高宮をキッと睨みつけ、翔と宙は気にしないというような態度をとった。

先生は高宮の話に相槌を打ちながらも、事実として時間がないことを遠回しに貫いた。

「ですから、時間を感じることもそのうちなくなってくるかと思います。時計もありませんので」

たしかに、この教室には時計がない。黒板があり、教壇があり、生徒たちの机がある。普通の教室なら、時計はあるはずだ。

「それが困るんだよなー。時間は流れてるから、時計がこの教室になくても時間が存在することには変わりない。僕はそんなのに騙されないけど、他の人がもっと鈍感になったらかわいそうだなって思うね」

高宮は、悲観の対象を他人へ向けようとした。

「お前さ、それ俺に言ってんの？」

高宮の隣にいる翔が絡む。

「いやいや、誰ってわけでもないよ」

「お前の時間なんか知らねぇけど、俺には練習があんだよ」

「はっ。まぁしょせんおままごとだろう」

「てめぇ、まじ殺すぞ」

翔が立ち上がった。

横一列に並べられた机は、入り口に近い方から順に、高宮、翔、エリ、宙と座っていた。翔はサッカーをやっていることもあり、ガタイがほどよく、真横で立ち上がられると圧がより伝わってくる。

脅威を向けられた高宮は、慌てて臨戦態勢に移った。

すると先生が、それを諌めるように口を挟んだ。

「はいはい！　そんな争いはやめてください。時間をめぐっての争いなんて」

事の発端は、先生が時間が存在しないと謳ったことから始まった。そこから起きた争いを先生が止めた。そして、時間が存在しないと煽った。

先生は、依然としてその姿勢を変えることはなかった。

「ここには時計がなければ、時間も存在しないのです」


「時間って普通の、普遍的なものだろ」

「普通ってなんですか？　普遍ってなんですか？　どれも人間が考えたものでしょう。時間も人間が作ったものですよ」

はい？　と、高宮は首をかしげた。

「時間ができたのはずっと昔。ただ、明るくなって暗くなる。約束とか待ち合わせとか、共同生活を送るために作られたものです。時間があったほうが、誰かと行動を合わせやすい。一人きりの世界ならば、時間はいりません。永遠と一人で何かをやっていればいいので」

さっそうと並べられる言葉に、生徒たちの口が閉ざされていく。

「時間があるって、いいことですか？　それとも悪いことですか？　必要なことですか？　不必要ですか？　ただ、人と共生していく上で必要なだけなんですよ」

先生は歯がゆい表情を浮かべている高宮を気にかける様子もなく続けた。

「翔君、安心してください。ここには、時間がない。どれだけいても外の景色は変わりません。

よって、何かに焦る必要もありません」

　今まで難色を示していた教室の空気も、無色透明に還っていく。

　ただそれも、先生の言っていることに納得したからではなく、ただただ思考が迷子になっているだけだった。

「みなさんはここにいて、時間が長いとか短いとか、感じますか？」

「……」

　反論はなかった。おそらく何を言っても終わりがないと感じたのだろう。

「ここは永遠ですから」

　時計がないからといって、時間そのものが存在しないとは、どうしても苦しい言い訳にしかならない。しかし、その偶然を当たり前という必然が捕まえようにも、追い詰めた先に、逃げられてしまう。生の事実として。


「では、本題に行きたいと思います」

「本題？」

　とエリが訊いた。

「最初に、君たちは選ばれた、と私は言いました。翔君以外は、それに気が付いたと解釈していますが、どうですか？」

「どうですかっていうか、なんか部屋に戻ったら知らないところだった」

最初に反応を示したのは高宮だった。次にエリが答えた。

「うちは、いつもと変わらない普通の生活に戻ったのかなって思った」

「普通の生活ですか？」

「うん、でもまぁ最初だけ？」

うんうんと相槌を打ちながら、「宙君は？」と訊いた。

「僕は、本に囲まれた部屋にいました」

「そこは自分の部屋でしたか？」

「……いえ、知らない部屋でした」

宙は、依然として下を向いている。

なるほど、とみんなに聞こえるように先生が呟く。

「翔君以外は、知らない部屋。またはいつもと違う景色が見えたのかと思います」

「……そうだけど。なんか夢見てんのかなって思った。たまに、夢で知らない街とか無人島とか行くじゃん。まぁ、知らない街ではなかったんだけどね」

エリが恥ずかしそうにも紡いできた声に、先生は反応をみせた。

「夢みたい。面白いですね。ここは夢の原点とでもしましょうか。この教室は夢の原点。分かれ道」

「ここが夢の原点？　変な名前」

とエリは微笑みながら言った。

「先生！　やっぱここ、ただのコミュニティですよね？　夢とかそういうワードはよく聞きますよ！」

「高宮君は、どのような部屋を望みましたか？　高宮君も翔君と同じく現実を望みましたか？だとしたら、疑うのも無理はありません」

先生の意地のようなものを感じた。互いにこの場所への共通認識を持つことができれば、そこへの意味づけ、価値づけもできてくる。ただそれも、各時代の任意性に委ねるため、危うい道であることもたしかだ。

高宮もまた、自身の時代による解釈と、今を組み合わせようと頭を働かせていた。天井を見つめていた視線が、一気に降下してくる。

「つまりここって、〝理想的な夢を見られる場所〟ってことですよね？」

先生は、その勢いに圧倒されるようポカンと口を開ける。

「あ～なるほど。いろいろつながりました」

「何なのよ。まじで気持ち悪いよ！」

「いやそういうことだよ！」と、高宮が身振り手振りで訴える。

「先生は、理想的な夢を見られる技術を開発したってこと。発明をした第一人者。だから先生ですってのも理にかなう」

首を縦に振らないエリに、諦めず説明をする。

「この世界の先生って、どんな人か知ってる？」

「先生？　知らない、あ、いや。医者とか？」

「医者もそうだし、学校の先生もそうだけど。何かを発明した人も先生って呼ばれるんだ。だって、何かを教える者と教わる者とに分けられるから」

先生は黙ったまま彼らを見つめている。

その反応を確かめた高宮は、

「ほらっ！　やっぱりそうだ！　先生はこの研究の特許はとったんですか？　あっ、もしかして、僕らがここで体験してそれを研究の成果にするって魂胆ですか！」

と息を吹き返し始めた。

「え、じゃあ何。私たちはここで実験でもされてるってわけ？」

「そうそう！　研究成果を出すための実験材料みたいなもん」

「え、ちょっとそれはひどくないですか⁉　先生！」

高宮とエリで話している時も、常に会話の対象は先生へと向けられていた。お互いに意識を向けると再び争いが起きそうな雰囲気。そんな緊張状態の中、先生は静かに口を開いた。

「そんなに個々で話を進められても、困りますよ。私は別に研究者でもないですし、ここを創った人でもありません」

高宮は、はいはいと小さな抵抗を軽くあしらい、今度こそ手に入れたたしかなものを、しっかりと握りしめた。

「世界観を壊されたら実験の意味がなくなっちゃいますもんね？　壊してすみません」

先生は困ったような表情をした。

「まぁ、まだそんな解釈でも構いません。では、みなさんにその研究論が正しかったとして、その実験者になってもらえませんか？　理想的な夢を見る装置の」

先生は、生徒たちを見て尋ねた。

「私の話に乗ってくれますか？？」

少し考えた末、「あまり時間がないんですが」と断りを入れつつも、高宮は〝研究〟に乗る意思を示した。

「もしこの研究が本物で、本当に時間が存在しないように創られているのなら、自分は乗ってもいいですよ！」

「ありがとうございます。エリさんはいかがですか？」

「えーうん。まぁいいけど。どうせ戻ったって何も変わんないし」

「ありがとうございます。みなさんもいいですか？　時間は存在しないので」

ゴールテープを切り、一時的にも何かをつかんだ者は、気前が良くなる。先生はそれを知っていたのだろうか。最初は余裕がなく、周りを寄せ付けないオーラを纏っていた者も、何か一つ納得のいくものを手に入れてしまうと、ガラッと人が変わる。そして、それを〝謙虚〟などという言葉によってさらに加速させる。

「人がいる世界って、なんなん？　普通の世界じゃん！　つまらなくね？」

「うっさいな。あんたには関係ないでしょ」

私と世界、私とあなた、今ここでの邂逅。

なぜ、ここに来たのか。なぜ、ここにいるのか。

それは、〝ドア〟を開けたら、自分の意志とは反してここに戻されたからだ。逃れることのできない世界（ゲーム）の始まりだ。

「それが望んだ世界なら、宝くじがもったいなくね？　それこそ宝の持ち腐れってやつだろ」

「うっさい黙れ！　ブスッ」

「は、はぁ？」

エリの放った一撃に少しよろけた。
（パン）と先生が手を叩く。
「はい！　そこまで！　いったん落ち着きましょう！　ここで争っても意味がないですよ。それにしても君たちはすごいですね！　まだ会って二回目。まだそんなに会話を交わしていないのに、そこまで争うことができるなんて」

「ウザいやつはどこにでもいるから慣れてるんじゃないですかね」

エリは吐き捨てるように言った。

「お前がしょうもないこと、無意味なことを言ってるからだろ！」

高宮も負けじと食らいつく。

「はい。終わりにしてください。争いは現実世界の思うつぼですよ？　争いって中間にいる不気味なものを無条件に仲間につけるだけなんですから」

「あと」と、言葉を付け足した。

「高宮君、この世に無意味を作り出してしまうのもいけません」

「ぼくがつくってるわけじゃねえし」

高宮は誰の介入もできない速さで返した。

まるで〝誰か〟の言葉を代弁しているようだった。

〝誰か〟。それはおそらく〝世の中〟なのだろう。

「望みを書いてくれたみなさんには、少しは理解していただけたかと思いますが、自らが描いた理想の世界をそのまま体現できるのです。だから宝くじ。いや宝くじ以上の価値がここにはあります。おめでとうございます」

改めて、深々と一礼した。

「先生――！　自分の好きな世界を望めるのに、今のこの時間って必要なんですか―？」

「たしかに」とエリも呼応する。

「こんなところで、キモイ人たちと一緒にいたくないんですけど」

そうですか、と先生は少し悲しそうな表情をした。

「そしたら、もう仮の世界は終わりでいいですか？」

閉ざされた教室に、風が吹いた気がした。

問われた彼らは、口をつぐんだ。

先ほどまで弁が立っていた高宮も黙っている。

決断を迫られる時、それはどのようなものなのか。不確かな答えは、あまり持ち合わせたくはない。時として一瞬で何かを決めてしまうから。それが〝自ら〟という一生を決めかねない選択もあるのだ。手に入れられるかもしれないもの、価値がとてつもなく大きい。ましてや、一人のことではなく、一人の答えがみんなの答えになってしまう。沈黙の長さが、それらを物語っていた。

先生は一人一人の顔を見ながら、ですよねと優しく言った。

「少し前にも言いましたが、最も望む世界なんて、すぐに見つかるはずないんです。これは意外と多いんです。君たちだけではありません」

「そうかもしれないですけど。もう先生の言ってた、望んだ世界を目の当たりにしたので、もうあとは個人で考えて、また各々が望む部屋に行くのでいいんじゃないんですか?」

ためらいながらもエリは必死に言葉をつないだ。

そうですね、と静かに語りかける。

「それが手っ取り早いかもしれません。しかし、ここは時間が存在しない場所です。せっかくならゆっくり話しませんか。減るもんじゃないですし」

「意味がない気がするんですが……」

あまり乗り気ではないエリをよそに、先生の対象が動く。

「翔君はどう思いますか。君は一度目は元の世界を望んだ。もう一度、元の世界を望みますか?」

向けられた言葉は少しだけ間を生じさせた。

「俺は。本当にこの世界を自分の望み通りになるのなら、サッカーだけをする世界がほしい。それだけでいい」

「サッカーだけをする世界ですか、とても興味深いですね」

先生はあごをなでた。

サッカーを永遠に……。

「先生。そういえば、さっきから気になってたんですけど、〝永遠〟ってなんですか? 永遠に何かを望めるってことですか?」

高宮が訊いた。

「いい質問ですね」

「永遠にですか?」

そうです、と独り言のように呟いた。その小さな声は、誰かに届く前にのみ込まれた。

「永遠に。自らが望めば、永遠も手に入れられる。永遠に何か一つのことに熱中することだって可能です。翔君が望めば、永遠にサッカーをすることができる。どうですか、宝くじ以上の当たりではないでしょうか」

永遠。エリはゴクリと唾をのみ込んだ。

「そう、永遠を望めるからこそ、じっくり、ゆっくり考えなければならない。だからこそ、ここには時間が存在しないのです。そう簡単に決められない」

ゆっくりと静かに流れる時。少し前まで言い争っていた空気を微塵も感じさせない。

永遠。先生が発した永遠は、まさしく今という限定をどこまでも先延ばしするかのように思えた。


「永遠か～」

静けさの中にポツンと言葉が生まれる。

空気を読める者ならば、ここはその場に合わせてと、黙っているほうが妥当だった。その永遠は、どこか煌びやかなオーラを纏っていた。純粋なエリのまなざしが、キラキラと。

「な、何よっ！」

夢と現実の狭間、美しく浮遊していたものの、他人によって、突如として現実に引っ張り戻される。

「ちょっと、先生も何か言ってよ！」

名前を呼ばれた者は、ふと弛んだ心を引き締める。実際は彼らもまた、空気を読んで黙っていたわけではなかった。

ただただ、永遠という非日常に打ちひしがれていただけ。声がしたから、その生まれた場所に反応しただけ。

「永遠だからこそ、今の時間はとても大切です。たとえば、永遠に生きたいとだけ求めてしまうと、病気になった時、苦しい時に診てくれる人がいない。永遠に苦しい思いをしなければなりません」

「鳥肌が……」

彼女の夢はすっかり醒めてしまった。

「鳥肌たちますよね。永遠とその病気が治らないかもしれない。そうしたら、永遠に苦しむ。だから、健康でいたいと思うことなども大切かと思います」

なるほど、と腕をさすりながら言う。

「さすが先生」

首を横に振り、笑みを浮かべた。

「ただただ考えているんです。何がいいのか」

「ちなみに、エリさんはどんな世界を望みましたか?」

「え、うち?　うちは……」思わず応えそうになった彼女は、すぐさま手で口を覆った。

「いや、そんなこと、ここでは言えないし」

恥じらい、下を向く彼女に、コソコソと二人だけの空間をつくるよう話しかけた。

「そのうち他人のことなんて忘れて、みんな自分の世界に集中するんですから。どんな望みでも、それを望むことが大切です」

エリはおずおずと彼らを見る。誰一人と目が合わなかった。

先生の言っている意図をなんとか嚙み砕き、小さく口を開いた。

「………。うちは、イケ、イケてる面子がいる世界」

絞り出された言葉をなんとか拾い、イケてる面子、と繰り返す。

歯車が急速に回り始める。目の前には、命がけで発した望み。今にも崩れそうな自分を、グッとこらえている姿があった。一所懸命、ぐるぐるとフル回転させた。二人の中ではものすごく長い時が流れた気がした。

「イケメンってことですね！　わかります、わかります！　大切ですね。イケメンがいればモチベーションが上がりますし。ね！　翔君たちも美女に囲まれた世界、楽しそうじゃありませんか？」

先生は息をすべて吐き切るまでしゃべった。

だが、誰ひとりと交わることはなく、ねぇ。と小さく縮こまる。

「いた方がいいかもしれないですけど」高宮が言った。

先生の緊張が和らいだのもつかの間、すぐに表情を歪めた。

「ただ、それを最初に持ってくるなんて、お前相当だな」

「はぁ⁉　そんなことあんたに関係ないでしょ‼　ってか、そういうあんたは何なのよ！　どうせろくでもない望みなんでしょ」

投げられた言葉を軽やかにかわし、お前よりましだと、人を食ったように笑った。

助けてはもらったが、彼の口が開けば問題が起きる、そう確信した。

「高宮君、君の望んだものはなんですか？」

先生からの問いかけを待っていたかのように、少し間を置いて答えた。

「自分は、世界一の豪邸に住む。です！」


ほっと胸をなでおろした。

移り変わりの激しい現代は、常に危険性を伴う。少し前に流行を迎え、没頭するようのめり込む。そこへ偶然にも愛着が湧き出てくる。

しかし、その頃にはすでに流行は通りすぎ、そのモノへの価値は消えている。時代遅れとレッテルを貼られてしまう。

高宮が望んだ世界は、この時代で、一種の任意性に任せた〝誰もが〟望むものだった。

「世界一の豪邸ですか！　それもとても魅力的ですね！　どうでしたか⁉　世界一の豪邸って、どれくらい大きいんですかね？　まったく想像できないです」

教室に広がる鼓動が少しだけはねた。

「そうですね！　かなり大きい。かなり大きいって言ってもどれくらいか。どれくらいか」

高宮は身振り手振りで大きさを確かめようとしている。

「あそこにあれがあって、あ、あのグラウンドも、そうだよな……」

あまりの大きさに高宮自身も迷ってしまう。最後は、全部周り切れなかった気がすると、締めくくった。

「東京ドーム何個分とかってわかるんですか？」

「周り切れてないんだから、そんなのわかんねぇって。それに東京ドームに行ったこともないし、まずそこがわかんねぇ！」

「男ってなんで『金、かね』なのかね」

エリがあきれたように言う。

「なんでって。そりゃあ、なんで……。いやいや、貧乏な家に住むより、豪邸に住んだ方がいいだろ⁉」

しょうもな、とあきれかえる。

「そんならお前だって、なんでイケメンが良いんだよ。言ってみろよ!!」

荒々しくも声を上げる高宮に、エリは耳を塞ぐしぐさをみせた。

「イケメンはイケメン。あんたみたいなブサイクのいない世界よ。醜い」

「醜いだと？」

「あ～これだから、嫌だ。イケメンじゃないやつって余裕がないのよね」

ヒートアップする二人の間に、先生が小さく言葉を差し込む。

「君たちは、ほんとに元気ですね～」

不穏な笑みと、かすかな声、異質さを感じた空気に二人の声が沈んだ。

「宙君、君はどんな世界を望みましたか？」

静かになった教室に、その小さな声は十分だった。

「……。僕は、本に囲まれた部屋です」

「そうでしたね。本に囲まれた部屋。ずっと本を読んでいたのですか？」

意外と響いてしまった自分の声に後悔したのか、宙はさらに小さい声で「……はい」と言った。

隣に座っているエリだけ、ほんの少し相槌を打った。

「他に何か望まなかったのですか？」

「何も望まなかった気がします」

「本以外に、誰かいたとか、何か他のものがあったとか、しませんでしたか？」

「特に、誰もこなかった、です」

宙から納得のいく返答は得られなかったものの、意思を示してくれたことに一礼し、前に進もうとした。

「えっと、宙君は、他に何か望むことはありますか？　何かになりたいとか、あれやりたいとか。それこそ、高宮君みたいに、大富豪になりたいとか！」

先生の視線の先には、誇らしげに鼻を膨らませた高宮の姿がある。

一方の宙は、平衡を失うよう少しずつ下に向かった。


「先生、俺もう帰ってもいいですか？　ここが時間を感じなくても、ここでじっと座ってるのは我慢できない」

翔が言った。

「次の望みは書けたんですか？　また現実世界に戻りますか？」

翔は少し気まずそうに、「サッカーができれば」とだけ答えた。

先生はそっと頷く。

「では、そうですね、書けた人から部屋に戻っていいですよ。先生はここにいます。何かあれば何でも聞いてください」

翔が教室を出て行ってすぐに、高宮も、

「まぁここにいてもなんか嫌だから、自分ももう行きます」

と言って出て行った。それにエリが続き、宙も黙って教室を後にした。

先生は笑顔で見送った。


「みなさん、理想の世界はいかがでしたか？　良かったですか？　それとも悪かったですか？」

どうですかと、頭を傾ける。

初めての頃とは異なり、今回は二度目。信憑性は高くなっているはずだ。翔を除いては。

彼だけは、何も書かず元の世界に戻っていた。

他のみんなにとって、わかっていた二度目の理想の世界、こうなるだろうとわかっていながらの二度目だ。彼らに疲れている様子は見られない。おそらく考えを整理しているのだろう。

それか、もう次の足りない何かを、探しているのだろうか。

高宮は変わらず腕を組んで目をつむり、エリは少し上の空という感じだ。宙は誰とも目が合わない位置に視線をやった。翔は少し貧乏ゆすりをしていて先生を睨んでいた。初めに口を開いたのは、そんな彼だった。

「悪くはない、けど強制的に戻されるのは良くない。試合に負けてる途中に、これからだって時に部屋を出された。それが良くない。まだやれたし、勝てた。負けてない」

「へぇ、そうですか。試合の途中に？　やっぱり最後まで試合をしていたかったですよね」

先生が理解しようとした言葉は、それに対するかけ離れたギャップを照らし、火に油をつぎ足す寸前にまで至った。

「ちょうどハーフタイムの時に戻された。監視でもしてんのか？　気味悪い」

「えっ？？　ちょっと先生、うちらのこと監視してるの？？　ってか、それカメラじゃない⁉」

エリは教室の隅に置いてある三脚に気づいた。身を隠すように、大股を開かず足をすぼめている。その上には、三本足が頼りなく見えてしまう大きめの機材が据えられている。

「いやいやいや！　監視なんてしてません！　このカメラはもう随分前から動いていません！ただ偶然です。翔君がここに戻されただけです！」

先生が見せる必死の弁明に対し、エリがじっと怪しい視線を導き出す。

「いやいや、ほんとですって！　なんならしまいますよ！　この下ならいいですよね！？？」

三脚から機材を外し、教壇の下へとしまった。若干キレ気味に。

「負けたら良くなんかねぇ。何の意味もねぇんだよ。負けたら全部意味がない！」

翔の殺気のこもる眼光と、その視線を透き通すような、先生の目が邂逅する。

「そうですか。では、負けない……」

「君は勝ちたいのか?」

右隣に座っている高宮が言った。

翔の中からふつふつと湧き上がってくる感情は、外部からの伝達を数秒ほど遅らせた。

「あぁ? てめぇには関係ねぇだろ」

「関係ない? まぁそうか。勝ちたいなら、世界一の選手になればいい。それを望めばいい。勝ちたいなら、世界一になりなよ。それが当たり前だろう」

高宮は淡々とした口調でしゃべった。

その姿に、先生は、

「高宮君?」と小声で呼びかけた。

しかし、二人だけの小さな会話は、形になることなく崩れ去った。

「勝ち負けなんて気にならないほど、勝ち続ければいい。相手を支配して、圧倒すればいい話。だから、世界一の選手になればいい。世界一の選手を望まなくて、何が負けたくないだ。甘すぎる」

「高宮君!」

今度は強く確実に先生は言った。

視線の片隅には翔の姿が見え、眉間がさらに波立っているのを察知する。

「君はとても変わったね。変わったというか、君はそんな感じでしたっけ?」

高宮は、先生から鋭い視線を向けられても動じず、少し前のめりになって笑った。

「ははっ。先生、愚問だね。先生って呼ばれるためにも、もっと頑張らなくちゃ。誰よりも何かを知ってなければ、馬鹿にされて見放されるだけですよ、ね?」

その言葉に、困った表情を浮かべる。先生としての相応しい感情が見つからず、一先ず頭を下げた。

「はい、謝ったー」

高宮が揚げ足を取りにいった。

「先生なら、どしっと構えていないと。簡単に謝っちゃいけないよ。だって、間違いを認めるってことだろ。先生が間違えたら、生徒はどうすればいいのさ?」

高宮の客観的な視点に、少しだけ近づいた先生と生徒の距離がまた離れたように感じた。

「高宮君、君はとても変わりましたね。君はいったいどんな部屋で過ごしてきたのですか?とても気になります! ぜひ、今後の参考に!」

投げかけられた言葉は、どこか心地よく、高宮はそっと目をつむった。

「そうですね、いいでしょう。僕は大企業の社長です。未来なのか何なのかわからないけど、いずれその日が来るのかなって思ってる。むしろ、途中経過なんていらない、すぐにでも社会を創っていかないと」

理想の世界

（パタパタパタパタ）

上空は風が吹き荒れている。

社長、社長と、下で数人が待ち構えている。

社長と呼ばれる者は、乗っていたヘリから降りた。すぐさまそれを囲うように幹部らしき者たちが張り付いた。

「社長！　本日のスケジュールですが」と左に陣取った者は言った。

ちらっと目をやり、前を見つけて歩く。

続いて、左右に陣取った者が入れ替わり、「本日、来年度入社社員の採用面接がありまして」と言った。その男は、かの社長に最終的なサインを求めたのだ。社長印が必要なのだろう。

しかし、出社したばかりの者の手元にサインをするものなどない。ましてや、こんな風が吹き荒れる場所で。

人事の最高幹部なのだろうか。あまり触れあう機会がないために、ここぞという時に顔を売りたかったのかもしれない。ただ、それも今日で最後だ。

社長と話す機会をうかがっているのは、彼だけではなかった。もうすでに、次が後ろに控えている。男はすぐさまその異変に気づき、あぜんとした。

「社長、申し訳ありません」と頭を下げたが、するするとその姿は遠くに消えていった。

しばらくして、時計の針が十時ちょうどを指した頃、会議が始まった。内容は多岐にわたり、主に会社方針、理念にまつわる話だった。

二時間ほどで会議はお開きとなった。その間、上座に座った者が話したのは、一度だけ。最後に一言だけであった。

ただ、その言葉を聞くや否や、幹部たちは尊敬のまなざしを向け、拍手で幕を下ろした。


（コンコン）誰かが社長室のドアをノックした。

中から「入れ」という声が聞こえる。

「社長、先ほどはすみません」

社長室に入ってきたのは、人事部らしき人物であった。

かの社長は机の引き出しからハンコを取り出し、判を押し始めた。

面接は一週間かけて行われ、今日の午前中に最後の一組が終わった。

やっとの思いで判を押してもらえた男も、あまりにじっくりと押していく姿に耐えきれず、邪魔にならない範囲で窓から外を眺めた。社長の後ろに立つのは、本来ご法度だが、この息詰まる部屋では、唯一息をつける場所だった。

しばらく外を眺めていた男は、「あっ」と言って踵を返した。

その声の方を向くように、社長の座る椅子が回る。

ちょうど半分の判を押したところだった。

少し疲れを見せていた。

それもそのはず、出社しながら誰かの話を聞き、その後すぐに会議が始まり、少しの休憩をしたところで、人事部の男が入ってきたのだから。

疲労が見えるのも仕方がないことであった。かの社長はゆっくりと椅子から立ち上がり、身体をほぐした。

「社長、少しいいですか」

男がタイミングを見計らっていたかのように、窓の外を指さした。言われるままに外を眺める。

その会話は終始、何かを取り繕っているかのように、少し慌てながら。

すべての書類に判を押し、男が帰ってしばらくすると、あの部屋に続く〝ドア〟が現れた。

ドアが開くと、〝社長〟は消えていった。

「ほぉ〜。大企業の社長さんですか！　とても感心します。恐れ入ります」

先生が言った。

「翔君もエリちゃんも望みがあるなら、途中経過なんてすっとばせばいい。勝ちたいなら、世界一の選手に。モテたいなら、世界一モテる人を望めばいい。簡単だ」

戻ってきた高宮が、そう自信に満ちた表情で言う。

「急にキモイんだけど。うるさいし」

「別にキモイって思われてもいいけど、今の君から見たらそう見えるだけで、トップになったらわかるよ。人の解釈なんてどうでもいいって」

憎悪の感情をいなし、その先へと向かう。

「宙君はどう？　何か望みたいことは見つかった？　本ばかり読んででも、なんも始まんないよ」

すると、宙がボソボソと呟く。

「ん？　何？」

「……どうでもいい」

「どうでもいいことなんてないよ！　すべてには意味がある、因果応報だよ。結果には必ず原因が」

高宮は溢れ出る言葉をせき止め、諦めるように息をつく。

「なら別に構う必要はなさそうですね。あまり時間もないので、割愛しますね」

高宮は、全員の名を呼んだ。だが一度も彼らと向き合ってはいない。ただじっと先生を見つめているだけだった。

もちろんのこと、彼らの方を向いたら争いが始まることは百も承知。会話はナベをつつくように。相手と向き合うのも大事だが、緊張が生まれる。勝つか負けるかの勝負が始まるのだ。高宮はそれを学んだのだろうか。それが唯一、彼らへの配慮だった。


音が鳴りやみ、息を潜める。

偶然、集められた若者たち。決められた型が存在しない、不安定な空間。

元来、偶然とは選好されるものではない。偶然が必然よりも選好されるのは、自由や責任を巡る出逢いの中。

確かな日常があるからこそ、不確かな非日常は輝いて見える。


私が話します、と高宮が席を立った。

「せっかくここに集まっているので。こんな機会めったにないですから」

先生は目を丸くした。

彼の提案を受けただけ、受けさせられただけなのに、まだいいとも言ってないのにもかかわらず、その足は止まらず、あっという間に距離を詰められた。突然の行動にあぜんとする。とっさの言葉も見つからず、押されるかのように、その場を後ずさりした。


意気揚々と教壇に立ち、両手をつく。

「高宮です。よろしくお願いします。えーと、まず端的にいくつかお話しします」

「なんでてめぇが前に出んだよ」

高宮の勢いに、対岸から翔が水を差す。

それを丁寧に取り除き、向かい合った。

「翔君。今は貴重な時間ですよ。宝くじほどじゃないですが。そういえば、この教室には時間がなかったんでしたか。うん、それはあまり良いとは言えません」

「はい！　高宮社長！　質問があります」

ピシッとまっすぐに挙がった手は、高宮の、いや、社長の器を知らしめるには十分過ぎるほどだった。再び水を差されたものの、大きく気分を害するものではなかった。

発言時間を得た〝部下〟は、お礼を述べてこう言った。

「時間がないことがなぜ悪いんですか？」

高宮は少しため息をつきながら、「愚問ですね」と答えた。

「いいですか、よく聞いてください。その理由はいたってシンプル。人生は短いからです。あっという間に過ぎてしまう。君たちはきちんと時間を埋めていますか？　余計な時間を過ごしていませんか？　目的があるなら、そこへ一直線。他のことなど考えなくていい、ただ進めばいい」

その時代ならではの、各自各々の目的地。それが立てられる時代、歴史という不可逆的な流れに見えるもの、それを普遍と位置づけている時代では、それが最も合理的なのであろう。一人の人生は限られている。

「だってそうじゃありませんか。先ほどの、勝ちたいなら勝てる選手になればいい。モテたいならモテる人になればいい。それだけです。あとは、望みがないなら、見つければいい。それだけなんです！」

高宮の悲痛の叫びとも聞こえた。表情はどことなく曇っている。

「宙君、もう一度伺います。宙君はなぜ本を読んでいるのですか？」

宙はちょこんと顔を上げたが、すぐに目線は足元へと落ちる。

「ただ本を読んでいるだけでいいんですか？　本でも書きたいんですか？」

宙の身体がぴくっと動く。

高宮がその小さな反応を見逃すことはなかった。

「本を書きたいんですか？　小説家とかですか？」

おそるおそる頷く宙。

「では、君は次の望みにこう書いてください。世界一の小説家、と。それか好きな小説家がいるのなら、その人の名前を書けばいい。そうすれば、叶います」

高宮は反論がないことを確認し、再び教室全体を見渡すように構えた。

「話がそれましたが。私は、社長という未来は悪くないと思っています。なぜなら考え方が気持ちいいから。目的地がはっきりしていれば、そこへ一直線に進むべきです。合理的に。そして誰もが望む世界を手に入れるべきです。だから、生を授かったのなら、何かを望まないと。一生に一度の人生です」

部下役が板についてきた者が手を挙げる。

高宮が「何ですか?」と尋ねる。

「たしかに何かを望まないともったいないのかもしれませんが、私たちは人間です。すべてを手に入れるなんてできないと思います。何かを望んだら、何かを捨てねばならない。そうは思いませんか?」

高宮はその質問に顔色を変えることなく、ただじっと見つめた。そこには、怒りも悲しみも焦りもない、ただ見つめているだけ。相手を蔑む冷笑も持ち合わせていなかった。

「ここって永遠なんですよね?」

高宮のその言葉は誰にもぶつかることなく、教室の隅々まで行き渡る。すべてを透き通すかのように。波が立つこともない、一定のリズムで。

先生は一度通りすぎた言葉をつかんだ。

「はい。永遠にも生きられます」

返ってきた言葉に、高宮がふと鼻をならす。

「だったら、すべて手に入るじゃないですか！　すべてです。すべてを知ることだってできるんですよ。ここなら！」波はすぐに最高潮までたどり着き、そして溢れた。

「私の目的地は明確で、それも叶っています。世界一の社長です。以上！」

高宮の席に座っていた先生は立ち上がり、スタンディングオベーションの拍手喝采をやってみせた。

「素晴らしい発表、いや、講演でしたね！　ありがとうございます！」

パチパチパチパチという拍手が、力強く余韻として残る。

ただ一人、先生だけが拍手をしている。先生の手が止まることはなく、音だけが小さくなっていった。

「いや〜人って変わるもんですね。少しどこかにいるだけで、染まっていく。人間は環境の生き物だ、と言われる所以ですね」

先生がニコニコしながら高宮の元へやって来る。

「先生、私は」

と言い返そうとしたが、相槌を打たれ、高宮は口をつぐまざるを得なかった。


高宮の生きた瞬間は、差異性を求める隆盛の時代だった。血で血を洗う争いがいったん鳴りやんだ。それを平和と呼んだ。いつしか、一人をその他大勢に紛れさせていた、一つの時代が終わろうとしていた。だが、解き放たれる各々が再び天下へと向かい、あらゆる生物をモノとして扱った。その差異性が重なり、同一性へと生まれ変わる。


「え〜ちなみに、みなさんも何かを望めば、それに憑依することだってできます。この世界は何者にもなれる。最高な世界だと思いませんか？」

先生が彼らに問いかけた時、高宮の手がスッと挙がる。

「はい、なんでしょう」

「もう行ってもいいですか？」

「もう書けたんですか？」

「書けたというか、もともと理想は決まっていたので。てか普通は、みんな決まってることが当たり前だと思いますけどね」

先生は「さすが！」と唸った。

「高宮君、いや高宮社長は早いですね！」

「もう行っていいですか？」高宮がもう一度たしかめる。

先生が優しく語りかけた。

「もう少し考えなくていいんですか？　ここには時間がありませんよ」

「時間がないことはとても魅力的だとは思いますが、僕はもう決まっているので。あまり時間を無駄にするような行為は」そこまで言いかけると高宮は席を立った。

先生が頷いた。

「またそのうち会いましょう！　ここは限定ですから」

そう言って向けられた笑顔に、高宮は「退屈ですね」とボヤいた。

彼らに対するもどかしさ、先生に対するいら立ち。混ざり合った感情に、ほんの少し自らの寂しさも加えた、そんな表情だった。


時間が存在しない、そんなのはあり得ない。

百年という一生。今の時代で、二十代の今が旬であり、ここで何か大きな結果を残さなければ、後悔する。でも、本当に、本当にここが永遠だったのなら。そんなかすかな期待、希望も込められていた。だが、今はまだそれを聞ける勇気が湧かなかった。

大きな希望を持つほど、裏切られた時の絶望に、苦しいものはない。

ドアが閉まるのを確認してから、先生が一呼吸おいて言った。

「みなさんは、まだまだたくさん考えてから決めましょう！」

もっともっと、と何かを求めているように、ワクワクした雰囲気を醸し出している。

「先生」

「はいっ！」

元気良く、どこからか生まれた声を探す。

翔だった。

「理想を望めば、何でも叶うんですよね？」

大きく頷いた。それがここの醍醐味だ。

「じゃあ、あいつの言う通り、勝ち続ける人になれればいい。負けることはしたくない。ただ、勝ち続ければいい。俺は、他に何も望んでない」

高宮の言っていることは、そこまで不快ではなかった。先生は、静かに燃える青白い炎を、そっとなでるように切り出した。

「翔君は、勝ちたいんですか？」

「は？　あたりめぇだろ！　負けて何が楽しいんだよ。いらつくだけだろ」

再び翔の眉間が波立つ。

「そうですよね」と受け止めた先生が、「では、そのように書いたらいいですよ。望んでいるのなら」と促した。

柔和な表情が鼻につく。翔は大切にしているものをバカにされた気がした。そんなものと軽く扱われるように。

「ほらよ！　これでもうここに来る必要はねぇ。もう戻ってくることはねぇ！」

翔は先生の差し出した手をすり抜け、教壇の上に投げ捨てるように置いた。そのまま目を合わせることなく教室を後にした。


「宙君とエリさんは、いかがですか？　何か理想はありませんか？　こうしたい、こうなりたい、こんな世界を望みたい。なんでもいいですよ！」

「……うちは、イケメンがいればいい」

エリは返答に窮しながら小声で言った。

先生は前かがみになり耳を傾けた。

「うるさいな。イケメンだよ、イケメン！」

「あぁ、そうでしたね。とてもいい望みだと思いますよ！　イケメンだけの世界は楽しそうですね！　私も美女だらけの世界を望みたいです」

「美女だらけとか、キモイ願望だな！」

エリに蔑んだ瞳で見られ、先生は激しく首を振る。

「先生もしょせん、キモイ男だったってことね」

先生はエリに言いこめられて、あえなく撃沈する。

「ほら！　キモイ！　ニヤニヤして」

「エリさん、あなたも話している時ニヤニヤしていましたよ」

揚げ足を取り合う二人も、「恥じらい」という差がすぐさま勝敗を分けた。

先生は、顔を赤らめる彼女をそっと隠すように微笑んだ。

「でも、それでもまだここにいるというのが、とても興味深いですね」

彼女は少しだけ困った顔をのぞかせた。

「二回目の世界では、望んでいた理想的なイケメンではなかったのですか？」

「……いや、イケメンだったけど。イケメンだったけどさ。なんかあれじゃん」

「あれ、とは？」

あっけらかんとする表情に、頭をかきむしる。

「あれだよ、あれっ!!」

やきもきしている姿に、先生はエリが言う〝あれ〟をなんとか理解しようとした。しかし、まだ〝あれ〟で伝わるほどに、お互い時をともに過ごしてはいなかった。

会話とは、相手との意思疎通を図ること。二人だけの会話なら、そのうち、あれやこれで伝わるようになる。そして、世界はつくられる。そこへ一人加われば、再び合い言葉を育んでいく。人が増えた世では、共通の言語がつくられ、すれ違う人と会話をすることができた。それも今は、言葉の使い方、言葉のレパートリーが際限なく増え、争いの原因にまで発展するとは、思わなかったことだろう。野暮なランキングなども。

エリは伝わらないもどかしさに、激しく音を立てながら教室を出て行った。

名残惜しそうに見守り、息をついた。

宙と目が合った。

「あ、えっと。宙君は、たしか本に囲まれた部屋でしたか。いかがでしたか？」

「はい」

と、宙が目線を下に落とすことなく、まっすぐ先生を見て答えた。

「静かにゆっくり読むことができました」

「そうですか！　それはよかった！」

深い呼吸をした。頭の中が整っていくにつれ、一つの違和感が湧き上がる。

宙が発した「静かにゆっくり読むことができた」というその言葉はまるで、何かのサービスを受けているかのように聞こえた。サービスを提供する者と、受ける者との間に交わされるアンケート。四角い枠にレ点が入る。

先生は宙に感謝されたのかと、無意識に見つめていた。どういたしまして、と言うべきなのか。

再び我に返ると、そこには目を大きく泳がせる宙がいた。今にも途切れてしまいそうな綱を渡るように、慎重に言葉を選んでいく。

「え〜と、次は、どんなことを望みますか？　まるっきり変えてもいいですし、何か要素を追加することも可能です」

宙は足元と先生の顔を交互に往復させながら自らに堕ちていく。

「………。僕は理想がないです」

宙の小さくか細い声は、他のすべての音をかき消すように、ゆっくりと教室を流れた。

張り詰めた沈黙に平伏し、やがて二人が対等に浮かび上がった頃、先生は静かに口を開いた。

それは、過去に〝ここ〟で経験したこと——。

ある人は、成熟した世界を嫌い、戦争を起こした。その者は、ここにいる大半、ずっとうつむいていた。

出会った頃は、とても静かな人だと思っていたが、その人は事実、とてつもない闇を抱えていた。

成熟した世界に、生き甲斐はない。技術革新後の世界は、声を消し、自由を奪った。ただ、戦争を〝望み〟始めてから、意気盛んになっていた。大けがをして、包帯でぐるぐる巻きになっているのに。

「戦争が楽しいのか？」と尋ねてみては、ものすごい剣幕を見せて、「楽しいはずがない」と叫んだ。

「驚きますよね？」と先生は宙に語りかける。

「彼は、成熟した世界を嫌った。楽を嫌った。生きている実感がほしかっただけなんです」

外を、遠くを、面影を見つめるように、先生はそっと呟いた。

「成熟した世界は、我々にとって、貧弱な世界だった」

ふたたびそれぞれが〝部屋〟から戻ってきた。

「みなさん、久しぶりになりますか、ね。いかがでしたか？　理想的な世界は満喫できたでしょうか？　どのような理想的な世界を過ごしましたか？」

全員が席に着いたのを確認してから、先生が問いかける。

いつものように、反応はない。

「高宮君はいかがでしたか?」

話しかけられた当人は、顔を上げた。

「理想的な世界。手帳が真っ黒で忙しいでしょう! やりがいのある世界を過ごせましたか?」

「はい。そうですね。まぁまぁよかったと思います」

高宮の覇気のない反応に、すぐさま問い詰める。

「そんなまぁまぁなんて、もったいないですよ! 最大限望みましょうよ! 以前の君とはかなり異なるようで。それとも、忙し過ぎて疲れ果てているのでしょうか」

真っ先に声をかけたのは、このためだった。

これまでの彼は、いい意味で大きな自信を得ていた。腕を組んだ姿は変わらないものの、醸し出す雰囲気は以前とはまるで違っていた。

迷っている、そう感じた。

「そうですね。そんな感じです。少し疲れた感じです。まぁ、急に世界が変わると慣れるのにけっこう疲れますね。一から状況を把握しないといけないので」

先生はうんうん、と頷く。

「まず何が起きているのか、把握しなくてはならないですね」

その場を完結させ、続いて指名されたのは、宙だった。

「何か望みは見つかりましたか?」

宙は視線を足元で固定させたまま、「ここよりはいい」と呟くように言った。

二人のやりとりを見ていたエリは、どこかホッと息をついた。

先生はどこを切り取っても先生でいてくれる。エリの目には、優しく振る舞っている先生の姿が映っていた。


「宙君は、望みのない寂しい男ですね」

狂気な言葉は教室の端から飛んできた。宙は、その声の主を睨む。

宙と高宮の間を結ぶ線の上には、翔とエリがいた。彼を睨みつけるには、二人をかいくぐらなければならない。だが、宙の目には怒りの対象しか映っていないように見えた。一瞬のその怒りは、我をも忘れてしまうほどに。

遮るものがないエリだけが、一人目をそらした。

「おぉ、怖い。おとなしいやつが睨むと怖いよ。おとなしい人は何しでかすかわかんないですからね。いつか誰かを刺すかもね」

これだから、これだからと、宙の声に力がこもる。

「これだからこの世界はどうでもいい。むしろなくなればいい。どうでもいい」

「怖い怖い。やっぱ世界を憎んでる人ですね」

高宮は、人を食ったように笑った。


「高宮君、君には彼がどのように映っていますか?」

声のもとをたどるように、顔を上げる。

「どうって、そんなの言えないですよ。残酷な」

そう言って、身を隠そうとする者を正面から見つめる。

声が止むと、緊迫した空気が流れるこの教室は、彼にとって少し分が悪かった。

「自分から見ると――ってか、自分からじゃなくて、一般的な常識ですが。もう手遅れなのかなって思ってます」

気まずそうに、どこか苦しそうに応える高宮は、それでもと、自らを奮い立たせるよう力がこもる。

「この時代で、一握り。成功を勝ち取る人って、もうすでに決まってるんですよ。生粋の天才だけ。生まれた時点で決まっているんですよ。しょせん、その程度だって」

でも、と力が抜けて、

「だからこそ、ここに。ここに彼は選ばれたんじゃないですかね。何度もやり直せるから。永遠に」

いたって、冷静に答えた。

現実世界と手に入れた世界を比べ、それが宙にとって、どのような意味をもたらすのか。永遠は宙にとってはいいものだと、決してただただ否定しているだけではない、というようだった。

永遠は何度もやり直せるから、と。

「永遠だと、何かを手に入れられるからいい？」

先生は淡々と会話を続ける。

「そうですよ。そんなの当たり前じゃないですか。それが生き甲斐になって、良い人生になっていくんです。何も手にしなかったら、退屈でつまらないですよ」

「何もしないことが退屈。そうですね。たしかに何もしなければ退屈に思えますね」

「ですよねっ」と言って、高宮は姿勢を崩した。


「ってか、先生はいいですよね～」

高宮から吐き出される言葉に、先生はキョトンとする。

「だって、ずっとここにいられるんですよね？　何度だって条件変えられるんですよね？」

「そうですね、そうですよね」と言い聞かせながら、先生は二度、三度とあごをなでる。

「たしかに、私はここにずっといる。高宮君の言う通り、条件なんていくらでも変えられます。

夢のような場所ですね！」

　そうして、ははは と笑った。

　その様子を見ていた高宮は、机にひじをつき深いため息を吐いた。

「宙君もラッキーですよ。ここに選ばれたんだから。僕は君を否定するつもりはない。君はここにいる限定を手に入れられたのですから。ものすごい幸運です」

　何かを表現すること、意志を示すことは、少なからず自らを犠牲にすることとなる。自らという人質を緊迫する戦場の真ん中に立たせる。

　そして、自己犠牲を伴うことにより、自己肯定を成していく。正解のない世界には、肯定を繰り返すことにより、生きる意味を見出していく。しかし、犠牲になることをわかっていて、それを進んで望むことは重度のマゾなのかもしれない。


「エリさんはどうでしたか？」

　気分が良くなった時のボールは鋭い。一気に曲がって鋭く落ちる。

「え、うちは、別に良かったと思う」

　彼女もまた上の空だった。宙の鋭い視線を感じた以外は、ほぼずっと両ひじをついて何かを想っていた。

「別にとは⁉」

先生はリズム良くまゆを動かす。

「良かったってこと、良かったわよ」

「先生！　エリさんは恥ずかしいみたいですよ！　素直じゃないんですね」

高宮が強引に絡んできた。

皮肉さが戻る者に、「ちょーしにのんな」と吐き捨てることしかできなかった。


「では翔君にもお聞きします。いかがでしたか？」

「翔君にも、だって」

高宮が笑う。

「ついで感が強い！」

歩を進めて地雷を踏んだ。先生は、あらあらと二人を交互に見つめた。

しかし、そんな〝期待〟は不発となって消えた。


「俺は、これがいいんだって思ってる。理想的な世界にいけたって思ってる」

翔からその次の言葉が出てこないのを確認した先生は、おぉ！　と手を叩く。

「さすが翔君、理想を手にするのが早いっ」

「やっぱり決まってる方が、早いですよ。この世界で何か望むものが決まってる人は、シンプルでわかりやすい！　そういう人の方がいいですね！」

高宮も続いた。小競り合いが起きそうな雰囲気は、静かに幕を下ろした。

「少しだけ満足していないような印象も受けますが」

翔は両手を机の上で組んでいた。血管がほんの少し、浮き上がっている。

「先生」とまたもや高宮が言った。

「彼も僕と同じで疲れたんですよ！　だって、僕よりも遅く入ってきたんですから。そこにずっと居続けたんですから。まぁ僕はほんの少し変えたいなって思っただけで、ほぼ望んだ世界でしたけどね」

先生は二人の会話をのぞいてみせたものの、意識は翔から抜け出せずにいた。

「翔君、いかがですか？　何かこう感じたとか、何か別の理想があったとかありますか？」

翔はどこか疲れている様子だった。走り抜けた後の呆然としている類いのものではなく、むしろ持て余している力が自らを蝕むように。

「特にはない。ただ、少しだけ頑張るというか、慣れなきゃいけないのかなって。少しだけ思った」

その言葉に高宮の表情が曇る。

「あれ？　翔君、世界一の選手って書かなかったんですか？　僕、言ったじゃないですか！

君が勝ちたいって言ってたから、世界一の選手になればいいって。君の望みが単純、というかシンプルだったからすぐに見つかると思ってたんだけど」

翔はチラッと高宮を見たが、そこに感情は生まれず、静かにそらした。

「いや、翔君はこっち側の人間だと思ってたんですが、正直あきれました」

高宮は両手を頭の後ろに組んで、小さくぼやいた。

「勝ち続けられる人って、一人だけですよ？　世界一は」


彼らがいるこの教室は二十人くらいが入れそうな広さの部屋で、横一列に机が並べられている。机と机の間は一メートルくらいと、さほど離れていない。

そのため、高宮のぼやきは隣の翔、耳を澄ませれば一つ先のエリまでは聞こえるというところだろうか。通常の教室ならば。

ただここでは、複数の音が重なり合うことがほとんどない。

たまに、誰かと誰かが交わることはあっても、それもほんの少しだけ。単一の音は、どこまでも響き渡っていく。

「高宮君！　人それぞれ感じるものとか、考えとかあるんですから！　そんな決めつけるようなことは、言ってはいけません！」

「いや、だって。だってそうじゃないですか」

「そうではありません。まだまだ始まったばかりです。最初ぐらいいろいろと試すのもいいんじゃないですか?」

勢いよくやってくる言葉に高宮は口を閉ざした。

たしかに先生の言う通り、まだまだ序盤でもある。それに翔だけはまだその世界を体験して二回目なのだ。一度目は現実を〝望んだ〟から。

「でも、ものすごくもったいないです。確実にもったいないですよ!」

ふつふつと想いが溢れ出てくる。

「そうですよ! やっぱもったいない! この条件を選ぶのって数に限りがあるんですよね?」

先生の控えめな反応を見て、高宮はあからさまに嫌な顔をした。

「だったらもったいないですよ! せっかく何者にもなれるのに、ただその数が少な過ぎるんですよ!! ほんの少ししか理想を描けない。たった数回しか、理想を経験できないんですよ! そんなこと、せこいですよ。嫌ですよ。先生はいつでも何度でも条件を、理想を変えることはできますけどね」

高宮は言い切った。息つく暇ものみ込むように。

〝理想を選び続けられる永遠は、ずるい〟

椅子を引く音が聞こえた。

「もう書けたんですか？」

と先生が尋ね、翔は立ち上がろうとする動作を止める。

「今のままでいいんですか？」

先生の質問には答えず、ゆっくりと席を立った。

「これでいい。俺はここでやっていく。ここで勝ち癖をつけて、そのままずっと勝ち続ける。勝ち続けないと意味がない」

「永遠に勝ち続けるだけで、本当にいいんですか？」

翔は黙ったまま先生を睨む。これでいいのだと。これを望んだのだと。覚悟の表れだった。

ほんの少し沈黙の時が過ぎ、教室を後にした。

「先生。さっきから意味のわかんないこと言わないでくださいよ。時間がないとか、なんですか？　彼が勝ち続けたいって言ってるんだから、それがいいに決まってるじゃないですか！勝ち続けること、勝ち癖をつけること、望んで当たり前ですよ」

望むものを、望むままに。

「なるほど、高宮君にとって、勝ちってなんですか？」

先生の質問に高宮は顔の半分をひきつらせて笑った。

「勝ちって勝ちだろ！　勝ち組ってことでしょ」

高宮は失笑する。

「誰だって負け組に入りたくないでしょ。勝ちたいに決まってるじゃないですか」

「そうですね」と、先生が素直に応える。

「私も負け組というのには入りたくないです」

「じゃあ彼の気持ちをわかってくださいよ。今、彼はその環境に慣れるのに精一杯なんですから。頑張っているんですから」

過去の敵は、今の味方になる。

生きていない人ほど、味方にすることができる。

反発されることなく、変わらずそこにあり続ける。変わらないものとして、安心して身を委ねることができる。そしていつしか、巨大な幻想として人々をのみ込んでいく。

ただ翔はまだ生きている。そのうち各自が一生会えなくなるとしても、まだ数回は顔を合わせる。美しい邂逅も一瞬として途切れる。

「頑張るってなんですか？」

先生が高宮に尋ねた。

「いや、頑張るってそのままでしょ」

もう何度首を横に振っただろうか。

すべて首を振るに値するものであった。それでも最後には、逃げられてしまう。壁にどんどんと、行き止まりへ。追い詰めても追い詰めても、壁をすり抜けてしまう。雲をつかまされてしまう。

永遠によって。

「永遠に頑張るってつらくないですか？　永遠ならどれだけ何もせず寝ていようが、何も変わらないですよ。ただ起きたら、求めているものが始まるんです。頑張るって少し危険ですよ」

先生の言葉に高宮は深いため息をついて、

「わけわかんねえな。意味わかんねえな、お前。もう行くわ。ここにいても意味がねえ。時間の無駄だ」

そう言うと逃げるように教室を出た。


先生が感情そのままに振り返る。

「ごめんなさいね！　なんか私たちだけで話してしまって……」

すねたように目をそらしたエリに先生が話しかける。

「エリさんは決まりましたか？　まだまだ、ずっとここにいてもいいですよ」

何にも邪魔されず、伝わってくるありのままの感情は、どうしても心がざわついてしまう。

そっとエリの声がこぼれ落ちた。

「先生の言ってた、永遠って何ですか？　あの部屋で、永遠に生きられるんですか？」

「はい、望めば永遠に生きられます」

「この……」

奥歯に何か挟まったような言い方のエリに対し、先生は大丈夫ですよと、微笑みかける。

「この、自分の姿でも、この〝私〟のままでも、永遠に生きられるんですか？」

先生の目の色が変わったように映った。

エリは続けてすかさず「どうなんですか？」と追求する。

笑顔で迎えてくれる先生だったが、エリには感情が抜けたその場しのぎのものに見えた。


それからしばらく沈黙があった。

先生があごをなでながら、何かを考えている。

「そうですね」と答えて、再び彼女を見た。

「エリさん、あなたの命は永遠だと思いますか？　永遠に生きられると思いますか？　例えば、あなたが過ごしていた現実世界では」

エリは首を横に振る。

「うちがいた現実は無理、確実に無理です。誰だっていつか死にます」

平行線をたどるエリの言葉は、無論だと意志を示した。

「そしたら、ここはどうなのでしょう」

先生のニコニコと成す柔に、エリは鋭い視線の剛で対峙する。

投げかけたのはこっちなのに、相手に渡ってから間もなく、新しい言葉のボールになって返ってくる。エリは質問したのにと、不満気な顔をのぞかせた。わからないから聞いているのだ。

「先生」

と別の方向から声が上がる。

「はい！　なんでしょう」

「あの部屋に永遠はないと思います」

宙は言い切った。

先生は「ほぉ」、と関心を寄せる。

「なんでそう思いますか？」


沈黙の時が流れ、少しして宙が口を開いた。

「僕は、二十年後に死ぬからです」

先生とエリは顔を合わせ、互いに首をかしげた。

「宙君、死んでしまうんですか？　それはどうして？」

「なんでそんなことわかるのよ！」

エリが先生の後に続くように宙に問い詰める。

驚きを隠せない二人とは異なり、彼はいたって冷静だった。

「寿命を知ることを望んだので」


宙は寿命を知ることを望んだ。

先生と二人きりの時、望みがないと言った。本に囲まれた部屋。それすら何も望まなければ、元の世界へ戻ってしまう。あの部屋は永遠だと言っていた。だが、彼だけは感じ取っていた。身体に起こる小さな変化を。

最初の違和感は、本を読んでいた時。読み続けられる永遠がなかった。読み続けられるという、永遠を手に入れたと思っていた。その後も、いたって〝普通〟の感覚に見舞われた。本を読み続けられる集中力、食欲、睡眠欲、様々な欲が消えずに存在していることを、彼だけは感じ取っていた。

そのため、いつか自分は消えるのではないかと、悟った。

案の定、〝望んだ通り〟のものとなった。

「面白いですね。寿命を知ることを望むとは」

「えっ、まってまって⁉　じゃあ、うちっていつか死んじゃうじゃん。永遠じゃないじゃん！」

「はい、あなたはいつか死にますよ。といいますか、ここにいる私もいつかは死にます。それは何も変わらないですよ。だって生き物ですから」

泰然と構える姿は、先生と生徒という、本来の関係性を取り戻していく。

「え、じゃあ、永遠っていうのはないの？　意味がわからないんだけど」

「永遠はあると思いますよ。望めば、永遠に生きることはできます」

「いやいや、いつか死ぬんでしょ？」

いつか必ず死ぬ。だからここに永遠はない、はず。それでも未だ抵抗を続ける者。疑いの芽が自らに顔を出す。

「不老不死の薬を」

「いえ、ちがいます」

感情の行く先が寸断され、突如としてさまようエリは、「じゃあどういうこと」と、声が上ずった。

先生ががっちり腕を組む。何かまた悪だくみをしている、そんな表情にしか見えない。目をそらさない二人、めまいがする。

先生が言う。

「あれ？　たしか、エリさんはもう経験していませんか？」

「経験？　永遠を？」

「はい。永遠となる秘訣を見つけたと」

「誰かに憑依するってことですか？」

宙が二人の会話を切るように割り込む。

「おぉ！　さすが宙君！　そうです！　憑依です」

「ひょうい……ひょういって何？」

エリは恥ずかしそうに、上目遣いでそっと訊いた。

先生は「大丈夫」と、優しく頷き、エリの質問に答えた。

「憑依っていうのはつまり、誰かを演じるということです！」

誰かをえんじる？　えんじる、誰かを……。

「あー！！！」

「あー！　あー……」

エリのテンションは段階的に下がっていく。自身が言い放った仕上げの言葉「そういうことね」が自らに重くのしかかる。

先生がふふっと笑う。

「そう、自分以外の誰かになりきれば、私たちは永遠に生きられます。我々生物の永遠とは、そういうものです」

「あー、うん。そうだよね。そうですよね。はい、そうなんですよ」

永遠を知り、落ち込むエリ。

机に突っ伏すほどの彼女を見て、先生は尋ねる。

「何か思うことがあったんですか？」

「う〜ん、う〜ん。いや、そうなんだけど。うん、なんか、うん。誰かになるっていいことなのかなって。うん」

ボソボソと呟いた。

「どんな人にもなれるんですよ。そのうち月日が経ったら、また誰かの役を演じることができる。自分が望んだ役を演じられるんですよ？」

「うん。そうですよね。うん。それがいいんだよね」

先生の表情が少し曇る。期待した反応とかけ離れていたのだろうか。納得のいっていない様子が見受けられる。そのまま視線を横に流した。

「宙君は、どうですか？　宙君も小説家でしたっけ？　特定の人物の役を担ったんですか？」

宙は、「はい」と答える。

「どうでしたか？」

「僕は、彼が嫌いです」

「ん？　彼とは？　小説家の方ですか？」

「高宮君が本当に嫌いです」

「高宮君が？」

「あいつのせいで、理想が消えた」

偶然が重なる

エリの部屋は、必ず一人の空間から始まる。イケメンに囲まれることは望むけど、ずっとはきつい。ずっとあんなイケメンたちに囲まれていたら、すぐに一生も終える。

ここは、永遠かもしれないけど、でも一人から始まる。

ここで、ダンスをするのが日課。

誰もいないこの部屋で、何も考えずに踊ること。

誰にも邪魔されないで踊れるここが、始まり。外の世界に入るためには、準備が必要。時間が必要。心の準備が必要なのだ。

合図がきたら、終わり。

ここで踊ること。ここは唯一落ち着ける場所。自分らしくいられる場所。何もない、誰の介入もない特別な場所……。


「ん？　んんっ？？　いやいや？　はっ⁉」

エリの声が部屋中に響き渡る。

「な、な、なんで。なんであんたがここにいるのよ！！！」

〝あんた〟と呼ばれた者が部屋の入り口からひょっこり姿を現した。

「いや、ごめんごめん。なんか、えっとごめん！」

「はぁぁぁぁ⁉　なんでいるんだって⁉　えっ、ここって私の部屋だよね！？？　えっ間違えた？　いやいやいや、ここは私が望んだところだから、私の部屋よ‼　なんであんたがいんのよ‼　はっ？」

エリのいる部屋はそこまで広くない、あの教室の半分ぐらいだろうか。体育館のように声が反響するつくりになっている。ダンスのレッスンを行う部屋、とでも言おうか。四方に鏡が埋め込まれている。

鏡に反射した〝彼〟が目に入ってきた。

「いや、うん。ごめん。なんかいい香りがするから。えっと、来ちゃった」

そう言って姿を現したのは、高宮だった。

「えっ⁉　変態。ただの変態じゃん‼」

「まてまて、決して変態ではない。変態ではない！」

「いやいや、何言ってるの？　え、だって、人の部屋に入ってきたんでしょ！　無断で」

無慈悲にも反撃を許さない言葉は、残りわずかな戦意を削いでいく。

「いや違う、偶然望んだ世界が一緒だった、っていうか。そう！　そうそう！　偶然共通の場所があって被った、偶然会っただけ！　偶然、偶然！」

偶然。

高宮と偶然望んだ世界が同じだった。似たような場所を望んでいる同士なら、その可能性もなくはなかった。自ら選んだ言葉が鋭くなって跳ね返る。

「はぁ？　偶然？　そんなことあるわけ？　だってここ、イケメンしかいない部屋だよ。あり得ないでしょ！」

〝イケメン〟しかいない部屋に、高宮はあり得ない。グウの音も出なかった。

街を歩けば「キャー」と言われるような、イケメンではないのかもしれない。好みも人それぞれある。人それぞれのイケメンという解釈も異なる。ただ、エリが想うイケメンとしては、〝あり得ない〟という評価だった。高宮の今の姿では。

「う、うん。いやそうなんだけど。そんなに人もいなかったっていうか。ええと、ごめん！！！」

高宮は逃げ場なしとみて、部屋が震えるほど大きな声で謝った。ごめん、ごめんなさいと、土下座もした。自他を納得させるものとして、存在している時があった。ただ、共感の時代も、一つとして消滅の運命にある。

「あんたね、土下座すれば許されると思ってんの？　ふざけんなよ」

動けない高宮に、次々と容赦ない言葉を浴びせた。

「向こうでは偉そうにしてたのに、なんなの。キモイ」

エリからしばらく罵声を浴び続けていると、慣れたのか、ふと彼の顔が上がる。その表情には、先ほどからの申し訳なさと他に、五感を刺激するような何かがあった。

「何よ、なんか文句あるわけ」

怪訝そうに詰め寄るエリに、高宮は現実との狭間をさまよう。

「そういえば、さっきからなんか、甘い香りかなんかするんだけど、これ何の匂い？」

二人とは別に、他が存在する世界。名をつけられたモノや、未だ名を持たないモノまで。

我々は共通認識が持てる、たしかなモノを求める。

その時代の任意性に委ねる危ういモノたち。一時的に意識が外れ、香りを探る。

「あんたの匂いでしょ？　香水みたいな、そのスーツについてんじゃないの？　話そらさないで。変態！」

「いや、これにそんな香水なんかつけてない、よ」

エリに言われて高宮は服の匂いを嗅いだ。

「ってかこれ、スーツじゃ……」

「あ、あーーーーーーー！！！」

エリは叫び声を上げながら、地べたにいる高宮の横を駆け抜けた。

「やばい‼　忘れてた！！！」

一心不乱に走り去る彼女の異様さに、鳥肌が立った。高宮はかすかな残像を見失うまいと必死に後を追った。


しばらくして、ドタドタという騒がしい音は消えていた。

聴覚に代わり嗅覚、エリの姿を確認できた時には、鼻に触る甘い香りもピークに達していた。

少しだけモクモクとした気配はあったが、火事は起きていない。エリはパンケーキをオーブントースターにかけており、止めようとしていた時刻を過ぎてしまっていた。

高宮が駆けつけてきた気配を察して、エリは身体を上下に揺らしながら、鋭く睨みつけた。

「あんたのせいだからね？　あんたの香水がきつかったから、気づかなかったのよ！」

「だから、僕はそんなに強い香水なんてつけてねえよ。ほらっ」

と近づこうとした。

「やめて‼」

エリの甲高い声が響く。高宮は一瞬たじろいだ。

声を上げたエリも少し驚いている様子だった。深い息とタイミングが重なった。

「キモイから。勝手に入ってくる変態の匂いなんて嗅ぎたくないわ！」

「はいはい。ごめんなさいね」

「うわっ。変態が開き直ったよ」

「そんなことより」

そう言うと高宮は窓の外を見た。

「ここって、あんま人いねぇよな？」


二人が移動したキッチンには、外の景色を見られる窓が一つだけあった。そこからは閑静な街が見渡せた。一方通行にも見える一本道と、その両端を歓迎するかのように、色とりどりの屋根が規則正しく並ぶ。均等な区画の中を、独自のスタイルへと築き上げる。すべてに個性をつけている、同一の家が立ち並んでいる。

「はっ！　そんなのあんたに関係ないでしょ！　べ、別に人が少ない方がいいんだから、当たり前でしょ！」

「お前って、モテたいんだろ？　なんで人が少ないんだよ。イケメンだらけって、全然いないじゃん！」


一つ前の部屋では、モテる女性を望んでいた。高宮に〝世界一モテる女性〟を望めと言われていたが、〝世界一〟とは想像のつかないものであり、少しばかり不安を感じていた。自らの心を保てるかどうか。だから、〝モテる女性〟とだけ書いて提出した。

見覚えのない家の中にいた。外に出ると、いつもより多くの視線を感じた。立ち止まると、その場に人だかりができてしまった。

時間がかかりながらも歩みを進めると、いくつものおしゃれな店が立ち並ぶ、どこか落ち着いた街が現れた。ウエディングドレスが並ぶウインドウ。そこに自らではない、〝他人〟の姿が映し出されていた。

イケメンじゃなきゃ、嫌だ。

高宮の解釈もあながち間違っていなかった。イケメンのみがいる世界。イケメンと付き合いたい、とか。イケメンと結婚したい、とか。そう考えた高宮は、つまりモテたいのではないのだろうか、と。

そのためエリに対し、社長に憑依した高宮は「モテたいなら世界一モテる人を望めばいい」と〝金言〟を渡した。

だが、エリの部屋へとやってきた時、あぜんとした。

想像していた、煌びやかで〝鬱陶しい〟世界とは打って変わり、シンッと静まりかえっていたから。

荒れていた息も、時とともに、ずっしりとした重たい空気に変わっていく。

「あんたこそなんでうちの部屋に入ってきたのよ。ほんとに変態だからね？」

「いや、まぁその。特に理由はない」

大きく威圧を感じる存在に、高宮は一歩後ずさり、エリはあきれたように首を振る。

「キモイ。本当にキモイよ！　なんで理由もなく、他人の部屋に入ってくんのよ。翔とか宙君の部屋に行きなさいよ！　いやいや、本当にあり得ない……」

高宮はうんうんと、頭を上下に動かす。その潔く振る舞う姿は、諦めを示したのか、開き直ろうとしたのか定かではない。ふと、何かをひらめいた様子を向けた。

「そうそう、部屋を間違えた。宙君の部屋に行こうとしたら、違う部屋だった」

エリからもらったヒントをそのまま採用した。

「は？　なんで間違えんのよ？」

「そうなんだよ！　そう！　あの廊下って暗いじゃん！　薄暗いっていうか！　そう、それで間違えたんだよ！　そう！　女性の部屋に勝手に入るわけないじゃん！　わざわざ変態呼ばわりされにくるなんてあり得ない！」

高宮の言う通り、あの不気味な教室から出た廊下は、真っ暗ではないものの、たしかに薄暗かった。

色彩のない白黒の世界。白と黒が入り混じったグレーを成し、ドアのついている壁側はほぼ黒に近かった。歩いていて唯一、ドアノブが鋭い銀色の光を放っているだけだった。電気はなかった。ただ、そう、強いて言うなら、白夜。

「暗いけど、間違えないでしょ、普通。ってか、宙君と待ち合わせしてたのなら、早く行った方がいいんじゃないの？　宙君、待ってるんでしょ？」

判断を迫られる高宮は、黙ったまま目を泳がせた。

「えっ？　まさか宙君の部屋にも、無断で入ろうとしたの？？」

再び幻滅されそうになり、高宮は慌てて「約束した約束した」と、弁明した。

「でも、ここからどう抜け出すのかわかんなくて。ドアはどこにあるんだろ。ほら、いつものドア？」

投げかけられる言葉に、相応の記憶を探した。

「あー、あれね。あのドアって、そんなすぐに出てこないでしょ。いつの間にかって感じで出てくるじゃん。ってか、やっぱどこでも出てくるんだね」


あの教室へとつながる〝ドア〟。それはいたってどこにでもありそうな、一般的な取っ手の付いたドア。くるっと回し、押し開く。いつの間にかそこにある。見慣れたものでもあるが、どこか違和感を持つ。壁に沿って現れるため、いつからあるのかはわからない。ただそこに、ずっといたかのようにごく自然と。あの教室へとつながっていた。

「それよりいつ宙君と仲良くなったのよ」

「あ～、仲良くなったというか、なんか悩んでたから協力しようかなって。だって、ここだけの話、彼だけだよ。何の望みもないの」

声が小さくなるにつれ、前のめりに近づいていく。しかし、その〝内緒話〟に背を向けていたエリとは、もどかしいほどに距離があった。

滑らかな手つきで、お皿に載せられたパンケーキが運ばれてきた。

ほんのりとした甘い香り。じっくり温められ、じゅわじゅわとバターが溶けて踊っている。

「うわっ！　めっちゃいい香り!!　美味しそう～！」

高宮の目が釘付けにされた。

「あんたにあげないけどね？」

「少しだけいいじゃん！　少しだけ！　お願い！」

両手を合わせギュッと目をつむる高宮に、「無理」との即答だった。

「あんたにあげる分は作ってないから」

「じゃあ、これお前が全部食べるのかよ。そんなんじゃ太るぞ。太ったらイケメンなんて寄ってこないんじゃねぇか」

それでもと、諦めずに食い下がった。

「ほんとにうるさい。デリカシーないのね。一人で食べるわけないでしょ」

エリは少しばかりいら立った。

「え、じゃあ、やっぱ僕に？」

高宮は視線をゆっくりと窓の外に向けた。

「だってほら、外に人いないぞ？」

エリが小さくため息を漏らし、

「あんたがただ見なかっただけでしょ。いるわよ。さっき窓から見たら何人かいたし」

と言ってパンケーキを箱に詰め、後片付けをし始めた。

「ってか、そろそろ出てってくれない？　ここ、うちの部屋なんだけど」


「お前も意外とモテるんだな。ひどい性格してるけど」

エリがチッと舌を鳴らす。

家を追い出されてから少しして、高宮が姿を現した。

「話しかけんなよ。なんで戻ってくんだよ」

「もう女性の部屋じゃないので〜。紳士だな、僕は」

同じ形、鮮やかな色、どこまでも続くような幾何学的な住宅街、その一直線に大きなショッピングセンターが構えている。二人のいるところからでも、その建物は大きく見えるが、そこまで数百メートルか、もしかすると一キロ以上離れているかもしれない。

ただ、ずっと一直線の道が続いていた。誰もが、その道を歩けるように。

エリは遠くからでもわかる壮大な建物を背にして、その道の上を歩いていた。向こう側には、ほんの小さな黒い影が隠れるようにうごめいていた。

部屋から追い出された高宮は、すぐにエリを見つけることができた。

何せ、遠くまで見渡せる一本道なのだから。永遠とまっすぐに歩けるような、地球のように。

「紳士とかぬかすな。さっきからそこでコソコソしてんの知ってんだぞ、変態」

エリもまた、この街、この世界には慣れていた。

「ってか、ほんとに話しかけないで。あんたのせいでイケメンが寄ってこないでしょ⁉」

高宮は「イケメン？」と言いながら親指であごをなでる。

「まぁたしかに、さっき話しかけてきたやつは、イケメンに見えるか。うん」

「そうでしょ。だから、男がいるってわかったら寄ってこないでしょ。あっち行って」

高宮が目の前に現れるまでに、エリは二、三人の男に声をかけられていた。

おそらく、そのイケメンたちすべてがエリに告白するためだろうと悟っていた。ただそこに、ハッピーエンドは生まれていなかった。高宮から見ても、なかなかのイケメンがいたにもかかわらず、だ。エリのそんな様子を見かねて、高宮はつい出てきてしまったのだ。

「なぁ。なんで断ってるんだ？」

「はぁ？　話しかけないでって言ってるでしょ。早くあっちいって」

「いやだって、今話しかけてきた数人？　まぁまぁなイケメンじゃなかったか？」

「うるさいなぁ。イケメンかもしれないけど、違うのよ」

「違うって何が？　どんなイケメンを望んでんの？」

「どんなイケメンって。イケメンは、イケメンよ！」

「それ明確にしないと見つからないし、もったいなくないか？　だって、望めば何でも手に入るんだぞ？　なんでそんな無駄な時間を過ごすんだ？」

言葉を濁すエリに、高宮は容赦なく問いただした。


「うっさい！」

住宅街に少しだけ響いた。しかし、偶然にも近隣に人の影はなく、誰かが家の窓からのぞくこともなかった。ただ少し遠くにいる、少し前にエリに振られた男がチラチラと、何度か振り返っていた。

「うるさい！　あんたね、本当にうるさいの！」

「だから、僕が聞いてやるって」

高宮は安堵の息をついた。

ぶつかり合う言葉に、何度も向き合った。相手をいら立たせることも、蔑むことも無くていい。ただ純粋な想いに、少しでも近づきたくて。言いたいことをスッと言える人は、少しだけ羨ましいと思う。しかし、その想いを伝えられたのもつかの間、エリもまた熱が冷めていた。いたって冷静に、冷酷に口が開く。

「あんたさ、自分が見つかってないだけじゃないの？」

「な、何がだ！」

朝方の静かな波が、夜の荒波へと打ち変わるように、高宮の声が震える。

「あんたさ、いつも教室では忙しい忙しいなんて言ってるけど、ほんとはこれっぽっちも忙しくないいんじゃないの？」

エリの目は透き通って見えた。

「お前な、こっちは忙しいんだよ！　てめぇみてえな、恋愛ごっこしてる暇なんてねぇんだよ！」

「だったら、早くここから消えなよ」

小さく冷たくあたる声に、高宮の感情が大きく騒いだ。

高宮はすぐさまエリの視界から外れた。

ドアを見つけたのか、それともその角を曲がったのか。いずれにしろ彼の姿は見えなくなった。

現実世界でエリの住む街は、個性豊かな表情をみせる鮮やかな家、それを際立たせるように、幾何学的な道が整備されている。

魅せるものと、立たせるもの。

一つの角を曲がると、同一の風景が現れる。どこまでも続くような。ただ遠くまでは見通せない。道は一定に曲がり続けている。

何かが変わるとしたら、この街で絶大なオーラを放つ大きな建物。その姿をどの角度で拝見することになるかぐらいだろうか。正面か、横目か。

背にしたショッピングセンター。ここでは、セントラルと呼ばれている。そこから伸びた一本道。無数にも広がりを感じさせる壮大な道は、セントラルの向こう側にも同様に、一本の線が引かれている。右にも左にも。セントラルを中心に、円を描くようにして街が形成されている。

エリの家がある道は、北側、通称「ノース」と呼ばれ、向こうは南側、通称「サウス」と呼んでいる。その呼び名は、あくまでこの道に住む人だけの〝当たり前〟の呼び方でもあった。向こう側との直接的な争いがないまでも、南側に行くだけで、なんだか別世界の人間でも見るような、そんな視線を感じることもあった。以前、両親にそのことを相談したものの、大人になればわかると、突っぱねられてしまった。その時から少しずつ、大人との距離を置くようになった。

たまに通る車から発せられる言葉も、「ここは素晴らしい街。他のさびれた街とは違う」と言っていたことを思い出す。彼らはいつだって〝この街〟をもっと素晴らしい街にしたいと訴えていた。私に任せてくれ、と。

それも最近、見なくなった。

排気ガスが地球に及ぼす問題が世界中を席巻した。それに伴い、世界基準として、自動車が禁止となった。それは、今を生きる者たちと、未来のためだと、大義名分のもと制定された。そのため、それ相応の標識なども取り除かれた。エリが住むこの街も、世の中に合わせて車を廃止した。

その計画が進み始めた頃、遠くに住む人たちが反対の旗を掲げようとした。

しかし、日々が過ぎるにつれてその人数も減り、代わりにこじゃれたマンションがセントラルへ徒歩圏内で通えるところに続々と出現した。そこに住む住民は、地球温暖化がどうとか、口をそろえて言っていた。

だからこの街の移動手段は、主に徒歩。それか自転車のみになっていた。だけど、その自転車も危険だという声が、セントラル付近で出たらしい。そのせいで親から自転車を取り上げられ、セントラルで使えるポイントか商品券に換えられた。命には換えられないと。

エリはセントラルに背を向け、歩き続けた。

しばらくすると、団地やマンションといった集合住宅が現れた。少しさびれている。セントラルから離れるにつれ、次第に荒れていく。オシャレな店が立ち並ぶエリアからは、想像のつかないシャッター街。不気味な静けさが立ち込めていた。ポツポツと点在している店、その一つに見覚えのある男がいた。


「ねぇ。あんたなんでまだここにいるの？　帰ったんじゃないの？」

「あんま話しかけんな。仕事してるのが見えないのか？」

オープンカフェなのか、ただの外に置かれているフリースペースなのか、定かではない。ただ、置かれたグラスを見る限り、おそらくこの店で注文して買ったものだ。

「ってかさ、なんで仕事なんてしてるの？　こんなところまできて」

「あ？　そんなの生きるためだろ。働かざる者食うべからずだ。そんくらい知ってんだろ」

高宮はパソコンの画面を食い入るようにのぞいている。

「そんなことどうでもよくない？」

エリの言葉に、高宮はあっけにとられた。

「だって、望むもの、なんでも手に入るんでしょ。ここって。うちら、選ばれたんでしょ」

「望むもの？　そりゃあ、望むものは手に入って……」

高宮の声が小さくなるにつれ、感情が消えていく。

「だから、なんで働いているの？　働かざる者食うべからずだっけ？　ここは働かなくてもいいって望めば、働かなくて済むんだよ？　なんで働くの？」

「………」

「そういえば、二回目とか三回目に、大企業の社長って望んでなかったっけ？」

「………そうだけど」

高宮はなんとか重たい口を開ける。

「なんで働いているの？」

「いや、だからそれは……」

「それは？」

「働かざる者……」と言いかけたが、あえなくエリの勢いにのみ込まれた。

「働かなくても生きられるって書けばいいじゃん！」

「そんなことできな、くはないのか……？」

深みに落ちていく彼の姿に、エリはそっぽを向いた。

「まぁ別に、働きたいのなら働けばいいと思うけど。うちは嫌だね。なんでそんなことをしなきゃいけないのかもわかんないし。なんかあんたずっと難しい顔してるし」

エリのぶっきらぼうな物言いに、たどたどしく顔を上げる。

「ここは好きに生きられる場所だよ。望むものが手に入るとこ！　宝くじ以上の価値があるんでしょ？　なら、働かないで好きに生きようよ！」

エリが笑った。高宮に見せる初めての笑顔だった。

「そんな難しい顔をしなくても済む！　それがこの世界。パソコンはいらないんじゃない⁉」

高宮はエリの言葉に呼応するように、少年の顔をのぞかせて、答えた。

「そうだな。そうだ、そうだ！　働かなくていいじゃん、な！」

「うんっ、好きな世界で、各々生きよ！」

パソコンが閉じられていく光景をエリは黙って見守った。

「じゃあうち、そろそろ行くね」

立ち去ろうとするエリを、高宮は慌てて引き留めた。

「あ、えーと、その。うん。少し話さない？」

エリはきょとんとした顔で高宮を見つめる。

「あ、全然、あの、別に何かこれといって。その」

引き留めようとする言葉は、あえなくこぼれ落ちていく。

「まぁ少しなら」


エリが腰をかけた席はちょうど高宮の真向かいだった。二人用の丸い机の格子状に細かく重なった線が綺麗に、たまに途切れていたりしながらも、しっかりとその役目を果たしていた。

ちゅんちゅんと、鳥のさえずりが聞こえる。

「えっ？　そっちから誘っといて、無言？」

エリは思わずついていたひじを外す。

「ここってまだ永遠じゃないから、時間制限はあると思うんだけど」

詰め寄るエリに、高宮は親指をグッと押し立て、言霊を探した。

「そうそう、朝作ってたパンケーキ。まだ持ってるの？」


この店には時計が置いてなかった。高宮がさっきまで開いていたパソコンには、この部屋では電波が通らないのか、ただ数字が動いているだけだった。

二人がキッチンにいた時は、唯一時計と言えるものが置いてあった。

その時は、十時を少し回った頃だった。だから今は、おそらく昼間。十三時か十四時、太陽の位置を見る限り、そのぐらいの時間だろうと思っていた。


「ん？　あぁこれね。そうね。まだ持ってるね」

エリは地面に置かれた紙袋を、二人の間にそっと置いた。

「そのパンケーキ、誰かに渡すんじゃなかったっけ？」

「うん。そうなんだけどさ。渡したいんだけどね」

「それで、その人ってどこにいるの？」

「う〜ん、ちょっと名前聞き忘れてね！」

高宮は背もたれに寄り掛かり、唸った。

何でも望める世界。誰にでも出逢える世界。頭の中で想い描いても、それを表に出さなければならない。望んでも望んでも。いつかは、夢のように消えてしまう。

「わかんなかったら、叶える以前だよね」

エリは愁いを帯びた顔で笑った。高宮は一緒になって笑ってあげることしかできなかった。

音のない笑顔だけ。


「あのさ、それ自分にくれない？」

「これ？？」

高宮はエリが指すものに、力強く頷いてみせた。

エリは紙袋からパンケーキが入った箱を取り出し、中をのぞく。

「ほんとに食べるの？」

控えめに高宮を見るが、彼の視線はすでに箱の中へと注がれていた。

「めっちゃ美味しそう……」

ほんのりと少しだけ、甘い香りがした。

しばらくすると、二人は見覚えのある家の前までたどり着いた。

玄関の鍵を開け、中に入ろうとした時、高宮が立ち止まった。

エリは不思議そうに高宮を見つめる。彼は少し気まずそうに頬をかいた。

「えっと、ここで待ってた方がいい、かな?」

すぐに状況を察したエリは、意地悪そうに下唇をとがらせた。

「別に入っていいよ」

高宮はエリから正式な許可をもらい、嬉しそうに中へ入った。

エリは柔らかい表情で、優しく、けれどもあきれるように歓迎した。

高宮が笑った。ここにきて〝初めて〟笑った。そんな気がした。


オーブンの合図とともに、甘い香りが漂ってくる。期待は第六感を開花させるかのように研ぎ澄まされる。

エリの「おまたせ」という声とともに、パンケーキが高宮の待ち構えるテーブルに運ばれてきた。

午前中の焼き立ての状態とまではいかないものの、リベイクされて再び輝きを取り戻したパンケーキの蜃気楼が空間を歪ませる。

フォークとナイフで一口だけ切り分け、パンケーキを口へと運ぶ。ぷるぷると今にもこぼれ落ちそうに震えている。

高宮はそれをほお張り、しばし味わってゴクリとのみ込んだ。

「めっちゃ美味い‼　これめっちゃ美味い‼　うまいぞ！」

高宮のまっすぐ透き通ってくる感情に、エリは思わず顔をそらす。

食器棚のガラス越しに、二人の姿が映し出されていた。


「店でも出せばいいのに」

高宮は口の中を空にしてからエリに言った。

「店？」

「うん」

「なんで働かなきゃいけないのよ」

まぁたしかに、と高宮は納得した。

「エリさんも食べないの？」

「うーん。うちはいいかな。お腹空いてないし」

「あ、そうなの？　じゃあ、全部食べていい？」

机の上に置かれたパンケーキは、もうすでに残り半分というところまできていた。それを食《しょく》せるのは、ここにいる二人だけ。

エリは安堵の息をついた。


「高宮はさ、結婚とか考えたりする?」

「け、けっこん?」

パンケーキを含んだ口を左手で強く押さえる。ゆっくりと口の中を空にしてから、再びエリに訊く。

「けっこんって、あの結婚?」

「結婚は、結婚よ。あんたはそういうの考えてんのかって」

「いや、僕はそんな、あまり考えてない、かな」

「いいよね、あんたは。こっちなんかさ」

エリは机にひじをつき、深いため息をこぼした。

「親に結婚しろってずっと言われててさ。二十代前半で、遅くても二十代ではって、ずっと言われてるの」

「え、エリさんって、いま……」

思わず溢《あふ》れ出そうになる言葉に、慌てて口を覆う。

そのしぐさを見て、別にいいよと言った。

「うちは今二十七。二十七歳」

「えっ？　俺も二十七」

高宮はエリと夕メだったことの嬉しさと反面、近づく二十代の終わりを実感して、感情が揺れ動いた。

「そりゃ、私だって結婚はしたいよ」

「でもね」と、顔を上げた時、そこに移ろいゆく表情をした高宮がいた。

「なんであんたが赤くなってんのよ」

「違う違う」と、必死にごまかす彼に、エリがニコッと微笑みをかける。

「安心して？　私、イケメンが好きなんで！」

「すみません」

と高宮は不自然に謝った。

エリは外に広がる景色を見続けた。

「親の時代は楽だったのよ。どうせ、お見合いとかいろいろあったのよ。誘惑みたいなものも少なくて、することなんて結婚ぐらいでしょ。今はそんな時代じゃないのにね。あの田舎もんが」

高宮はエリの話に共感するように深く頷く。

「まぁな。なんかそれこそ僕もそうだけど、今の時代、二十代で大きな結果出さなきゃって言われてるけど、昔はなんだってブルーオーシャンだ。だからこそその価値観で生きられた。でも、今はそんな当たり前なんか通用しないんだよ」

「二十代で結果？　そんなの知らないわよ」

「そう、二十代で大きな結果、実績を出さなきゃ、世の中の成功者になれない。ずっと言われてきたんだ、親にも」

高宮もまた、外の景色を眺めた。


「昔は、それこそまだすべてが発展途上だったから、生き甲斐はあった。成功を収め、名を手に入れる。先人たちが多くを貪るから、生まれた時点で、僕らはおこぼれに食らいつくしかない。必死に」

窓ガラスにうっすらと映る姿に、みじめだなと呟いた。

高宮の小さくなっていく声がどこまで聞こえていたかはわからない。ただどことなく、二人を中心に広がる風景が遠くまで運んでいく、そんな気がした。

「うちは別に成功とか思ったことないわ。ってか、食べないなら下げるよ」

「ごめん」と言って、最後の一口を味わった。

エリはため息をつく。

「結婚はしたいって思う。でもなんか違う気がする」

高宮はパンケーキを頬張りながら「ちふぁふって？」と、モゴモゴした反応を見せるも、エリはそれを咎めることはしなかった。

「なんかさ〜。なんかわかんないんだよね。何がいいか。自分が何を求めているのか。さっぱりなんだ」

エリはどこか遠くを見るような目をしている。

「ん、イケメンを求めてるんじゃないのか？」

「結婚するならね？」

と言い残した。

高宮は目を泳がせながら頷く。

「永遠ってなんだろうね」

エリは再び窓の外を眺めた。

高宮の方に向かって、柔らかく笑った。

「うちにはわかんない！　何もわかんない。どうすればいいのかな。ねぇ。何度も、何度ここに来ても、何も変わらない気がする」

浮遊し、さまよう声も行き場所を探す。

地に足がついていた、たしかなモノ。突如として底が抜け、今にも堕ちそうな暗闇が足元に控えていた。


「一度誰かに告ってみたらどうだ？」

「告る？　誰に？」

「この世界にいる誰かに。だってここなら全員がＯＫを出してくれるんだろ？」

「まぁね。まじここ神だわ」

「なら、誰かに告ってみるのも一つじゃない？」

「え、でも告ったらＯＫなんでしょ。だったらそれで付き合っちゃうじゃん」

高宮は腕を組み、天を仰いだ。

「でもそれを望んでんじゃないの？　それこそ、その延長線上に結婚があるじゃん」

「でも、だとしたら、余計誰かに告白なんてできないよ」


エリの過ごしてきた現実、その時代にとって普通の、ごく普通の核家族だった。普通の母子家庭。稀ではなくなった親の離婚。今では普通となっていた。

離婚はエリの母から切り出した。何かに嫌気がさして。

当時は、なぜ両親が離婚したのかがわからなかった。父は別に悪くない。むしろいい方だ。

そこまで大きくはなかったものの、社員百人程度の会社で重要な役職に就いていたらしい。それなりのお金をもらっていて、セントラルに近い家まで購入した。セントラルへの近さは、あの現実世界でのステータスでもあったから。そのおかげで、学校の友人と遊ぶ時はいつだって、セントラルに一番近いエリの家に集まっていた。家からセントラルまでの距離は、友人の家からの半分しかないとみんなが驚いていた。あの頃は幸せだった。友人たちから何度同じ反応をされても、悪い気分にはならなかった。近所付き合いはいたって良好。同じステータスを持つ者同士、居心地のいい地域だった。

それでも離婚をした。

近所の人たちも同じような境遇だったため、だから居心地がいいのだとすら思い始めていた。離婚の原因は、家からセントラルまでの距離。世の中は、競争が激しさを増す隆盛の時代だった。勝者はセントラルに近づき、敗者は遠ざかっていった。

休日に何度か、家族三人でセントラルへ歩いて行ったことがあった。もちろん手段は歩くしかないのだけど。煌びやかな世界に見とれるとともに、「あいつらは自分を捨てたのよ、だから笑っていられる」と母の心の声が漏れてきていた。それが父にも聞こえていたのかは定かではない。

次第に家庭内の口ゲンカが増えてきた。そして、母は引っ越そうと提案した。誰かの引っ越した跡地、売り出されている空き地を見つけると、必ずその立て看板をなめるように見ていた。

父も初めは頑張るよと言ってはいたものの、そのうちそれがエスカレートしていき、優しくて温厚な父は初めてキレた。おぞましい怒鳴り声とともに、何かが割れる音。

その頃から、自分の部屋にこもることが多くなっていた。惨劇を耳にしながら、窓が曇っていくのを見届けた。

イケメン好きなのは母譲りなのだろう。イケメンは好きだ。結婚もしたい。でも〝先〟を想像してしまうと、尻込みしてしまう。こっちから告白するなんてとてもできない。そんなおぞましいことはできない。いつか両親のようになってしまうのだから。

「エリさんは、ジムとか行ったことある？」

「え、何いきなり。ジムってジム？」

「スポーツジムの方！」

「あ、うん。そっちのジムなら学生の頃しょっちゅう行ってたよ。スポーツジムってカッコイイ人多いの！」

目に光が戻るエリに、高宮は言葉を失った。目的のためなら妥協を辞さない姿には、恐れ多く平伏してしまう。

高宮は仕切り直しに訊いた。

「そのとき、マシンの説明とかって受けたりした？」

エリは天を仰ぎ、徐々に上がってくる口角に、高宮はかぶりを振った。

「前に誰かに聞いたことあるんだけど、筋トレって、腕を伸ばし切らず、曲げ切らずってのが大事らしいんだ。それを何度も続ける」

「えっ？　うちなんかあの、バーベル？　とかそんなのはやってないよ？　うち、か弱い女の子だもん」

「バーベルは自分もわからないけど、トレーニングって、激しくたくさん動かすのもたしかに大変で筋肉がつくかもしれないんだけど、ゆっくりやって、かつ腕を伸ばし切らないとかが大事なんだって」

上半身を使いなんとか伝えようとする高宮をよそに、エリは両手を天井に向け、身体を伸ばした。

「興味なさそうだね」

高宮の問いに、エリは口を開ける。

「だって、もうジムだって行く必要ないじゃん。完璧なボディを望むだけ。望むだけで手に入るんだから」

高宮は大いに納得した。

何かになりたければ、そのように望めばいい。それだけの話だ。

「まぁその要するに、なんだろうな。その、筋トレという練習も、どこかで本番があるべきだと思うんだ。いったん誰かに告って、結果がどうであれ、それを糧に綺麗になろうとする。だから要するに」

　再び同じ場所へ戻ってくる高宮をのぞき込む。

「だから、その、告れっ！」

　エリが笑った。

「だから、付き合えちゃうじゃん」

「じゃあ、違う世界を望んでみるとか」

「えー、でもふられるのとか嫌じゃん！」

　堂々巡りに頭を抱える。エリはそんな高宮の姿を微笑ましくも見守った。

「要するに、誰かに告れってことね？」

　高宮は「そうだ」と勢いよく起き上がる。

「でも」

　エリは意地悪な顔をのぞかせた。

「ここで告ったらみんなＯＫしてくれるよ？　結果なんて見えてるじゃん？」

　紅潮してきた顔をそらした。

「あっ！」

高宮の不意に放たれた声に、エリはあきれるように笑った。

「ドアが出てる！」

高宮の視線をたどり、息をついた。

「もうそんな時間なんだね。意外と早いもんだ」

「うん」


ガラッとドアが開けられる。伏せていた男は身体を起こした。

「おっ？　おかえりなさい。あっ、高宮君も」

エリの陰からひっそりと高宮が顔を出した。

「先生ー！　この変態どうにかしてください！　本当に」

エリは教室に戻るや否や、大きな声を響かせる。

「何かあったんですか？」

「マジあり得な過ぎて、キモイ」

「お、お前、さっきと態度がちげぇじゃねぇかよ！」

後ろで小さく縮こまっていた高宮も、エリから不意打ちのジャブを食らい、戦場に引っ張り出されるかのようにたまらず応戦した。

「はぁ。何言ってんの。キモイ」

「どうしたんでしょう？」

二人の状況を上手くのみ込めずにいた先生は問いかけた。

「こいつ、変態で。まじで、やばいよ」

言いたいことがありすぎるのか、エリの言葉が渋滞する。

「とりあえず捕まえてくれない？　ここって警察はいないの？　まじ」

「この教室に警察が入ってくることはありません。残念ながら」

先生は言った。

次から次へと溢れ出る言葉に、なんとかやっとのことで捕まえたのが「警察」というワードであった。

「ほんとさ、こいつなんなの？」

エリはあからさまに嫌そうな態度をとった。

「勝手に人の部屋に入って来るって、いかれてるよ⁉　何？　なんか文句あんの？　変態。勝手に入ってきたよね？」

「お前な……」

高宮は必死に反撃を試みようとしたものの、言い返す言葉がなかった。

たまらず降参だというように、両手を上げ、首を振り子のように動かす。そこまで言われると、逮捕されてもおかしくない案件だ。

ただここには警察はいないらしい。ということは、今回の件でここを剥奪されることはない。

高宮はそれならと、早めに白旗をあげた。

先生は二人のやりとりを微笑ましく、見守った。

「ちなみに警察までは出動されないんですが、それを裁いてくれる人ならたくさんいますよ」

高宮の目がまん丸に唸る。

そして、エリは目を輝かせた。

「裁いてくれる人？　裁判長でも呼べるんですか？　あ、先生が裁くってことね」

「いえいえ、私は裁きません」

「え、なに。じゃあ誰が裁くの??」

「そちらのベランダに出てみればわかりますよ」

先生はニコッと微笑み、手のひらで指し示した。

「そこのベランダ?」

とエリは訊く。

「そこに裁判長?」

先生は何も言わずゆっくりと頷き、彼女らを促した。

ベランダに向かうエリを見て、重たい足どりで後を追った。

「何が、な、なな、なに、キモイ〜〜〜！！」

突然の叫びに引き寄せられるかのように、高宮が駆け寄った。

「えっ⁉　なになに？？　なんかいるの⁉」

選ばれなかった人たち

ベランダの下をのぞいた。

ヒトのような生物がまばらに存在していた。

その異様な光景に、エリは踵を返す。

「え、先生⁉　あの人たちって何？　何っていうか誰？？　人ですよね？」

「はい。話しかけてみてはいかがですか？」

「話しかける？　え、やだやだ。むりむり、無理でしょ！」

「大丈夫ですよ。ちゃんと相応の反応をしてくれますから」

エリは苦く顔を歪めた。

「あ、すみません！　ちょっといいですか！」

「いや、ほんとに話しかけんなって！　バカじゃないの？」

エリが高宮の肩を叩く。

「ほ、ほらこっち向いてんじゃん。キモイキモイ〜〜〜」

（ワァ～）

人のような生物が歓声を上げた。

「ほらほらほら、ほらほら。やばいって……」

おそるおそるのぞいているエリのすぐ横で、高宮が深く息を吸った。

「イエーーイ！！！」

（ウォーーーー）

高宮が声を上げると、生物から相応の反応が返ってくる。

「イッェーーーーーーイ」

（ヴォーーーーー）

「やめてやめて、まじやめろって!!」

エリは耳を塞ぎしゃがみ込んだ。

高宮は依然として下にいる彼らに興味を示している。そして、再び息を吸った。

焦りと怒り、怒りが多く入り混じった憎悪。

エリは高宮の腕を強く引き、室内へと投げ込んだ。

バンッと、ドアが激しく音を立てる。息が乱れている。

「なんだよ。お前が話しかけたいって言ったんだろ？」

「はぁ!?」

エリの声が裏返る。

「話しかけたいなんて一言も言ってない‼　あれは先生が」

彼女は言葉を止め、当人の方を振り返った。

「先生！　ちょっとあれ、なんですか？」

不機嫌そうに訴えてくるエリに、先生は少しだけめんどくさそうに、少しだけ嬉しそうに教壇を降りた。

「あれって、ひどい言い方ですね。人間ですよ、人間！」

二人がいる方へと近づいてくる。

「いや、人間かもしれないですけど、あの人たちはなんなの。まじ」

「そうですね」

そう言って、先生は下にいる彼らを見つめた。


人のような者たちの声を聞いて即座に嫌ったエリは、ベランダと教室をつなぐドアから一メートルも離れていない場所に未だ居座っていた。そこにいて動かないのは、おそらく高宮をベランダへと行かせないためだろう。本能がそうさせた。

「彼らは、選ばれなかった人たちですよ。ここに来たかったけど、選ばれなかった人」

首をかしげさまよう彼女に、先生は念を押すよう呟いた。

「だって、ここは宝くじ以上の場所ですから」

エリは納得のいっていない様子をみせたが、どこか諦めていた。

「エリさんは、ここにいることは理解されているんですか？　そもそもここにいること自体、まず当たり前ではないんです。であれば、彼らがあそこにいることも不思議ではないはず、ではありませんか？」

柔らかい口調でまとめてくる先生の言葉に、エリはギュッと目をつむる。

「そうだけど、でもなんか、なんかじっとこっち見られてんのも嫌だ！」

「面白そうじゃん！　なんかよくわかんないけど、反応してくれるし！　ウォーみたいな、あれ！」

高宮は嬉しそうに言った。

「ウォーー!!」

高宮があの叫び声を真似た。エリはすかさず耳を塞ぐ。

「やめてやめて、キモイ！　夢に出てきそう」

「ヴォーーー!!」

バチンッ！

高宮への躊躇ないビンタが鋭く響き、先生は目を丸くした。

「まじやめて」

高宮は赤くなった頬を右手で押さえ、ちょこんと頭を下げた。

二人のその様子は姉が弟のいたずらを叱るように、弟はその強さに打ちひしがれるように、一瞬だけ血縁を超える関係性を築いたかに見えた。

「ま、まぁ、こっちから声さえかけなければ大丈夫なので、安心してください！」

先生は緊張状態にある二人を宥めるように言った。

「まじ、いまのでグッと疲れたわ……」

エリは重たい足をやっとのことで動かし始める。

戻る姉の後ろ姿をじっと見ていた〝弟〟は、ニヤッと笑みを浮かべ、バレないようにそっとドアを開けた。

「よっしゃーーーーーー‼‼」

（ヴォーーーーーーー！！！）

「おっっしゃーーー」
（バンッ）
〝弟〟がドンッ、ドンと外でドアを叩いている。

物音のしない繊細な教室のすぐ隣に脅威が存在していた。

「先生！　ここ鍵ってないんですか⁉　もうあいつをベランダから出られないようにしなき

ゃ」

　エリがドアを押さえながら訊いた。

「エリさん、この部屋に鍵はありません」

　それなら何か押さえるものでもと辺りを見渡すが、近くにモノらしきものはなかった。せめて掃除道具の入ったロッカーでもあれば、ホウキで撃退できるのに。

　エリはしぶしぶ諦めて、そっと力を抜いた。

「お、おい！　なんで閉めんだよ！」

「お前がキモイからだろ！　まじやめろよ。煽んなよ」

「何言ってんだよ。ここがあの人たちの理想郷なんだろ？　だったら、ここがどれだけいいのかわからせてやるのもいいだろ！　優しさだ」

　むきになった高宮を睨みつけるが、彼が席に着くのを確認したエリは、それ以上相手にすることはなかった。

「は〜あ。つまんねぇな〜。これだからモテねえんだよ」

「はぁ？　なんでそうなんのよ」

　エリは何かを思い出すように、教壇へ向き直った。

「先生！　こいつやっぱ捕まえてくんない？　この変態、無断でうちの部屋に入ってきたの！

きもくない？」

「無断で⁉　それはいけませんよ。勝手に人の部屋に入るのは」

この教室で唯一、味方でいてくれる者の後押しに、エリは「だよね！」と語気を強めた。

「それに、今回は二人一緒に部屋から出てきたからよかったですが、気づかないうちに部屋の持ち主が出てしまったら、残された人はもうそこから出られないですよ！」

明かされる事実に驚きを隠せなかった。予想さえしなかった行動が新たな〝ルール〟として姿を変えていく。

「各々が自分の好きな部屋を望んでいるので、そこでの主導権といいますか、そこを創っているのはエリさんなので、もし次に同じ条件を望まなかったら、高宮君は一生出られません」

「……マジかよ。あっぶね……。閉じ込められるとこだった」

高宮が冷や汗をかく横でエリは「あ〜そうなんだ」と、わざとらしく聞こえるように言った。

「なら何にも言わないでさっさと出てくるんだった」


もし、あのまま、あの部屋で、永遠に、生きることになってしまったら。どうなっていたのだろうか。イケメンしかいない部屋で、何を望むのだろう。

セントラルのより近くに住むために、努力をし続けるのだろうか。もしかしたら、どこかに数少ない女性がいて〝相応〟の人と結婚し、それでもまだ、より近くを求めるのだろうか。

ひとまず、セントラルの最上階まで。

高宮は少しだけ想いを巡らせていたが、そんなことも長くは続かなかった。

「高宮君、なぜエリさんの部屋に行ったのですか?」

先生が訊いた。

高宮の表情に緊張が走る。

エリもまた純粋にそれを聞いてみたかった。横やりを挟む気配はない。

「え、あー。いやそれは、その……」

人が動けば、時は動く。人が止まれば、時も止まる。言葉はすべてつくりものだ。それが永遠とともに生きることなのだろうか。その間、高宮はあごをなで考えたり、頭をかいたりして思い出そうと時を使ったが、その限界もすぐそこまで迫ってきていた。


すると、教室のドアが開いた。

三人の視線が一斉に動く。

「あっ、おかえりなさい」

そう声をかけられた翔は、はいと小さく応えた。

「どうでしたか? 楽しめましたか?」

先生の質問に苦虫を噛むように表情を歪める。

「まぁ楽しんだかな。いや、楽しむってのもおかしいけど。まぁ良かったとは思う」

「そうですか。勝ち癖でしたっけ？　癖はつきましたか？」

「あぁ。まぁついたかな。わかんねぇけど」

翔はボソッと呟いて、席に着いた。

「なんか満足していないようですが、何か望んでいたことと異なっていましたか？」

「何も、何も違わない。正しい、正しい選択はした」

ゆっくりと時が進む。

入り口のドアが再び開いた。

「宙君、おかえりなさい」

先生の声に、視線が一点に注がれる。宙は恥ずかしそうに、そそくさと彼らの後ろを通り席に着いた。


全員がそろい、改めて〝授業〟が始まった。

「どうでしたか？　何か望みは見つかりましたか？」

先生は一人一人の顔をうかがい、優しく頷いた。

「みなさん少しお疲れのようですね。でもそれが本来の正しい姿です。現実世界に生きていると、本当に望んでいることなんて、そう簡単に見つかりません。何かを望んでいると思っても、意外と手に入れてしまえば望みは消える。生きている人間なんてそんなもんです。だから、君たちは迷うことが正解です。簡単に手に入るものは簡単に手から離れていく。だから、何かをつかむ時は難しくつかむといいですよ。どれも地平線に浮かぶものであって、ただそれがこの世界のどこにあるのか。価値は同じ、だが難しく感じるほど、それに対する愛着は湧いてくるものです」

「言ってる意味がわかんないんですけど。望んでいることなんて、みんな決まってるでしょ。そうしなきゃ、何も望めないじゃん！」

そう言うと、高宮は宙を指さし、「彼みたいに」と、言葉を締めた。

先生はじっと高宮だけを見つめる。

「本当にそうですか？　本当に自らの望みは理解できていますか？」

高宮はあきれたような顔でわざとらしくため息をついた。

「そんなの理解してる。だから、紙に書いてんでしょ」

「だとしたら、なんでエリさんの部屋に行ったのですか？　自らの望みがわかっているのに、自らの望まない世界に入り込んだのはなぜですか？」

ほんの少し前にも質問したものだった。

あの時は、とっさのことに言葉を詰まらせていたが、今は、少し状況が異なっていた。

「あぁ？　知らねぇよ。暇だから、じゃないけど、決して暇じゃねぇけど、そうこいつらの部屋がつまらないものを望んでいるから。そう、そう！　なんでそんなつまらない世の中を望むのか興味が湧いたからだよ！　ほんとにしょうもない。何がイケメンだらけの世界だよ。全然人もいねぇし、イケメンが多くいたからって何ができんだよ！　あんなやつら何もできねぇじゃねぇか‼　クソみたいに外見ばっか気にしやがって、それで何？　ちやほやされてんだろ？　そんなんじゃろくな人生送らねぇぞ」

今あるもの、今見たもの。すべて、あるいはまだ氷山の一角なのかもしれない。自らの中から無数の糸を引くように、言葉が溢れる。

しかし、これに黙っているはずもなくエリが怒りをあらわにする。

「お前さ、ふざけんなよ。ほんとうにさ、なんなの⁉　人の部屋勝手に入ってきたと思ったら、何？　つまらない？　当たり前じゃん！　あんたのための世界なんて創ってねぇんだよ！　おめぇみたいなやつが住む世界じゃねぇんだよ‼」

高宮が目を大げさに開いて笑った。

「何熱くなってんの。そんな部屋、無意味なんだよっ‼」

そう言い放つと、より強く、机を叩いた。教室が緊張に包まれる。

怒りと衝撃からか、エリが唇を震わせている。

知ったことかというかのように、高宮は眉間を寄せたまま目を閉じた。まるで誰かに組まされたかのような両腕は、ギュッと強く、自らを押さえつけていた。


「無意味ってなんですか？」

「何って、そのまんまでしょ。無意味、意味がないこと」

高宮は先生を睨みつける。

「では」、と一呼吸置いてから先生が言った。

「どのようなものに意味がありますか？　どのような世界なら意味があるのでしょうか」

高宮は怪訝そうな表情を浮かべたが、すぐにふっと小馬鹿にするかのように鼻を鳴らした。

「そんなの。そんなの決まってんじゃん！　社会にとって意味があるものだよ！　社会に求められているもの！　こっちは社会のために犠牲になってんだ！」

「社会のための犠牲ってなんですか？」

「粉骨砕身働くことだろ」

先生は高宮のほとばしる想いを受け止め、視線を横へずらした。

「では翔君、君に伺います。あなたにとって犠牲って何ですか？」

翔は眠たそうな顔を持ち上げる。

「あなたにとっての犠牲って何ですか？」

先生がもう一度尋ねた。

翔がめんどくさそうに伏せていた身体を起こし、頭の後ろで両手を組んで答えた。

「犠牲って自己犠牲だろ？　チームのためにどれだけ走れるかだよ」

先生はゆっくりと頷き、再び視線を横へと流す。

「宙君はいかがでしょう？」

「え、いや、僕は」

宙は翔が聞かれた時点で名前を呼ばれることはあらかた予想していた。だが、これ以上の言葉を発するには至らなかった。

「大丈夫ですよ。誰もが同じ答えになるとは限りませんから。思ったことを」

宙はうつむいていた顔を少しだけ上げ、若干のためらいはみせたものの、意を決した小さな声で「犠牲」と言った。

「犠牲は、すべてに負ける。すべてを失うことです」

宙の小さくか細い、今にも消えてしまいそうな声は、この教室にいる彼らには少なからず大きな衝撃を与えた。

先生が一礼する。

「そうですね。すべてに負ける、すべてを失うこと。とても興味深いです。翔君は、この彼が言った、すべてに負けることとは、どう感じますか？」

尋ねられた者はしぶしぶ首を振った。

「なんで負けなきゃいけないのかわかんねぇ。負けたいやつなんかいるわけねぇじゃん。勝たなきゃなんも意味がないだろ」

翔のその言葉には、今までのような力強さは存在しなかった。

「そう、それが彼にとっての犠牲なんです」

先生は笑みを浮かべて言った。

「誰もが勝ちたい、誰もが成功したい。なら犠牲とは、すべてに負けて、すべてに失敗する。それが彼の犠牲なのでしょう」

素晴らしい、と先生は言った。

「高宮君、君は何を求めていますか？　社会のため、どのような社会のためですか？　人によって様々な社会のため、世の中のためが存在すると思います」

「どのような社会？　そんなの成長していって、世の中が発展していくことだろ。経済成長だろ。そう！　経済成長！　そうすれば――」

拍車がかかり始めた矢先、高宮は自らブレーキをかけた。

「なるほど、そのためにあなたは犠牲に、犠牲者になる」

「犠牲者っていうか、自己犠牲？　自分の身を削ってでも世界を良くしていく。そのための自己犠牲だ」

完璧に納得してもらえたとは言えないものの、高宮は自らの主張が半ば言語化できたことに胸をなでおろした。

「でも」

静かな一言にその地盤が揺らぐ。

「そんな頑張らなくてもいいはずじゃありませんか？　ここは、望んだものを手に入れられるところ。強いて言うならば、経済成長が終わった完全なところです。それすらも望めますよ」

高宮の顔は相手を蔑むような笑みも、あきれたような冷笑を浮かべる表情も、跡形もなく、むなしく消えていった。


うすうす気づいていた。

望めば簡単に叶う世界。

どんな望みも叶う。願ったら、一瞬だ。その世界に浸ることができる。だとするならば。

「高宮君は、優しい」

先生のおっとりとした柔らかい声がした。

「みんなのために社会のために、頑張ると言ってくれます。とても嬉しいことです。ありがとう」

先生は感謝の気持ちを表した。


だが、満たされつつある心も、底が抜ければ空になる。

「望んだ先にたどり着いた時、何を望みますか?」

どれだけ水を注いでも、ただただ流れていくだけ。

「そこで過ごしている人たちは、次に何を望むのですか? 翔君。勝ち癖をつける、その後は何を望みますか? その先にも永遠と時は繰り返し、続いてゆきます」

「やめてくれ」

どこかから声が漏れた。その声はおそらく本人にしか届いていない。ましてや、一番届いてほしくない先生にも、届かないはずだった。心臓の音がバクバクと跳ね上がる。鼓動がこの教室全体に鳴り響いているかのように、重なる。

「みなさんっ」

先生の声色が変わった。

「じっくり考えてください。ここに時間は存在しません。ずっと日は昇り続けている。いわば、ここにずっといることもできる。永遠を感じることもできる。無限の時があります。何のために、何を望むのか。何が自分にとって理想的な世界なのか。ゆっくり考えてください。いつでも相談に乗りますよ」

しばらくの沈黙の後、気前のいい声とともに、ポンッと手を鳴らす。

「そういえば、翔君と宙君にはまだ伝えていなかったんですが、何か叫びたいことがありましたら、そこのベランダから叫んでください。気持ちいいですよ」

ベランダという言葉を耳にしたエリの身体が拒絶を示し、すかさず止めに入る。

高宮はベランダの方を眺め、立ち上がった。

エリは気配の感じる方へ鋭い視線を送るが、先生は「大丈夫」とそれを包み込んだ。

「ドアを閉めていれば、大丈夫ですよ」

「いやもう、開けただけで」

うずくまるエリの肩に先生がそっと手を置く。その合図を機に、おそるおそる身体を緩める。

ベランダに出た高宮は、身を突き出して何かを叫んでいるようだった。

「ってか、なんであいつは叫んでんの？　さっきもイエーイとかいって叫んでたし」

エリは笑った。何がイエーイよ、と一緒にいた時を思い出した。

「翔君や宙君もいかがですか？　みんな反応してくれるので、気持ちいいですよ？　どうですか？」

「……俺はいい」

翔は先生が勧めてくるベランダに、ちらっと目を向けはするものの、興味を示さなかった。

宙もまた同様の反応を示した。

「気になったときにでも外に出てみてください」


スーと小さな音を立ててドアが開く。

「おかえりなさい。どうですか？　気持ちいいでしょう？　なんかすっきりしたって表情をしていますよ！」

先生の満足そうな顔を見て、ベランダから戻ってきた高宮は目をそらした。

「叫ぶのって気持ちいいんですよ。ほんとに。なんかどんな悩みもすべてあの人たちが、あの目の前に広がる自然が、受け止めてくれるみたいで。現実世界だとそう簡単に叫べないですからね」

高宮はぶつぶつと言いながら席に座る。

「僕がせっかくためになること言ってんのに、うるさいって言われるし」

エリが言い返した。

「あんたはすべてがうるさいのよ！」

「お前な。さっきからなんなんだよ！」

「はいはい、すみませんね。変態さん」

機嫌を損ね、再びベランダへと歩を進めた。

エリはこらえるように口を押さえる。

「くっそやろー」

「まじあいつ何なの？　あそこめっちゃ気に入ってんじゃん！」

エリはその姿にこらえきれず、ゲラゲラと声に出して笑った。

（ヴォ――――）

外から、また彼らの歓声が聞こえてきた。

山

「みなさん、集まりましたか？」

先生は点呼を取る。

「宙君は？　……あっ、いました。失礼！」

「先生、なんで登山なんですか⁉　みんなで登山ってなんでですか？」

エリが言った。

三六〇度を山々に囲まれた場所。四人と先生は、その間にある、くぼみのような場所に集まっていた。天候は曇りなのか、それともどこか太陽が昇っていても、ここには光が入らないだけなのか。ここから判別するのは難しい。

大自然の深い時を味わうように、何物にも権威を与えない純粋な瞬間。

「なんでだと思いますか？」

「知らねえよ」

と、翔が吐き捨てる。

「なんかめっちゃ不気味な山って感じだし。ってかここどこだよ」

「あと、これ重いんですけど。まじリュックとかださいし」

エリが背負っていたものをゆっさりと揺らした。

先生はいたたまれない様子で口を閉ざした。

「山っていっても、なんかほんとに山だけだな」

四人は周囲を見渡した。

「翔君は、登山とかしたことあるんですか？」

「ないけど。あ、いやあったかな。走りにいった」

「走りに……。さすが体育会系ですね！　エリさんはいかがですか？　山ガールなんて言葉もありますが、山登りはありますか？」

「うちはないかな〜。大変そうだし。ってか、山ガールっていつの話よ」

「そうでしたね」

先生は頷き、その横にいる高宮を見た。先生は何やら不穏な笑みを浮かべている。その視線に、なんだよ、と怪訝そうに言った。

「行きましょうか」

先生は怪しげな表情のまま促した。

高宮が「おいっ」と詰め寄るものの、さらりとかわされる。

「とりあえず話しながら登りませんか？　ほら、宙君が先に行ってしまっていますよ！」

先生の指さす方向へと三人は振り返る。

宙はひとり、歩を進めていた。

すると翔がアスリートの本能で走り出し、高宮もまた、本能で追いかけた。

エリがあきれるように息をついた。

「ほんと、男ってなんであんなに元気なんでしょ」

「いいですね〜」

二人は走り去る彼らを見守り、その足跡を追った。

深い霧が立ち込める、白みがかった世界。夜明けの音がなくなる瞬間のような。山の中へと五人は入っていった。


「それにしても、他のみなさんはどこまで行ったんでしょうか？　全然見えないですね」

先生は後ろを振り返る。

「ほんとよ」

エリは絞りに絞り出された声を漏らした。

「あいつら、なんであんなに元気なのよ」

「休みたい時は、言ってくださいね」

先生の優しさに甘えるように、エリはゆっくりと足を止めようとした。

「これがひたすら続くだけなので」

一瞬、外部から受けるすべての音が遮断された。唯一聞こえてくるのは、残響。先生の発した「ひたすら」という言葉、それが幾度となく切り取られては、繰り返される。ひたすらに。

「はぁ⁉」

バサバサと、鳥たちが一斉に羽ばたく。

先生がその声に振り返る。

「な、なんですか。急に大きな声で」

鮮明に現れた事実にエリの呼吸が大きく乱れる。

「ここ、この山、これずっと続くの？？」

エリは瞬きを忘れているかのように、目を丸くした。

先生は無慈悲にもニコッと笑った。

「はい。永遠の登山です」

「てめぇ‼」

ものすごい勢いで先生の胸ぐらをつかんだ。

登山に来た理由は、叫ぶこと。この大自然の中、自由に叫ぶ。

全員そろって教室を出る際に、先生が言い放った言葉だった。

その時の様子は、まるでピクニック。これから遠足へ向かうような、胸を弾ませるような瞬間を過ごしていた。延々とひたすらに、隣の芝生は青く生い茂っていた。

「私たちは常に何かに縛られて生きているので、叫ぶってことは現実ではほとんどできないんですよ！」

先生はそう言って乱れた襟を正した。

「そのくらい我慢しろと言われるので」

「いや、そんな叫ぶことなんてあるか？　ってか、たまに叫ぶならカラオケでも行けばいいじゃん」

エリがそう言うと、自然と出来上がった段差に腰をかけた。オシャレに見える登山服も、疲れには耐性がないのだろう。

「叫びたい時に叫ぶことが大切です。叫びたい時に叫べないと、カラオケで何を叫べばいいのか、忘れてしまいます。エリさんがとっさに叫んだ声は良かったですよ！　私の望みが一つ叶いました！」

先生の嬉しそうな顔を見た時、エリはそれ以上の言葉が見つからなかった。

先生とエリはしばらくの間、他愛もない会話をした。主に、高宮の愚行について。乱れていた息も落ち着き、エリの表情に余裕が出てきた頃、頭上付近を言霊が飛び交った。

（ヤッホー！！！）

二人は会話を止め、耳を潜めた。

「おっ？　早いですね。もう山頂に着いたんですかね？」

先生が感心するように言った。

（お〜〜〜い！！！）

再び声が聞こえた。翔の声だ。

エリがふふっと、笑った。

「おーいってなんだし」

先生もつられて笑った。

「私たちもそろそろ進みますかね！」

エリは先生の動く気配を察し、覚悟を決めるように重い腰を持ち上げた。


山道は草木をかき分けて、というような獣道ではなかったが、人が手を加えたものでもなさそうだった。どこかに手すりがあるわけでもなく、階段のようにしっかりとした踏み場があるわけでもない。ただ、誰かが幾回か歩いてできた道のように思えた。なだらかな道には意思のようなものが感じられた。誰かがその跡を続くように。

時折、強引になぎ倒された草木がところどころ見受けられた。

蛇行した道を進み始め、二人の会話が少なくなってきた頃、視界が開ける。彼女の顔にも、晴れやかな安堵が生まれ始めていた。

頂上付近に広がる爽やかな絨毯の上に、見覚えのある彼らの姿があった。人の手によって伐採された痕跡は見当たらず、ただそこだけは、小さな植物が多く生息していた。


「高宮君たちですか？　これ、途中に置いてありましたが」

先生は気持ち良さそうに目をつむっている彼らに話しかけた。

「……ん？　あぁ、そうそう。なんか木の根っこが出っ張っていたから、あぶねえかなって」

休んでいた翔の声は少しだけこもっていた。

「優しいですね。助かりました」

先生が持っていたのは、明るくオレンジ色に光っているペンライトだった。十五センチぐらいだろうか。手のひらに収まる小さな灯り。彼らのいる開けた空の下では、透けるように息を潜めている。

先生たちがその灯りを発見したのは、山の中腹。木々に囲まれた中、その灯りは燦然と光を放っていた。深い影を落としている場所、そこに立っている木々の根、あるいは大きな岩の角がはみでているところに。

先生はポケットから淡い光を数個取り出した。

「別に持ってこなくてもよかったのに」

翔が起き上がる気配を察し、高宮も身体を起こす。二人は背中についた緑の葉を払った。

「回収しないとポイ捨てになってしまいますよ」

先生の言葉にそれもそうかと、翔は差し出されたものを受け取り、リュックにしまう。

「まぁ、エリがどんくさいから、怪我して戻ることになったらもったいないしな」

皮肉たっぷりの口ぶりで高宮が後に続いた。

しかし、相応の期待していた反応は返ってこなかった。彼女の方を振り返る。

エリは地べたに座り、うつむいたまま動かない。

風が木々に触れる。

「エリさんは疲れているんですから、今はやめてあげてください」

先生はそう言って高宮に理解を求めた。


「それで、あの灯りはどうしたんですか？」

「あぁそれね。なんかリュックに入ってた。水でもねぇかなって探してたらそれがあった」

翔が応えた。他にもと、リュックの中からまだ灯りのついていないペンライトや着火ライターなどを取り出した。

「ってか、先生。レジャーシート持ってない？」

高宮が言った。

「レジャーシートですか？　なぜ」

「なぜって、そりゃあ、この景色だぜ」


高宮が見つめる先に、皆で身体を向ける。

山頂から見下ろす景色。遠くに並ぶ山々。見える山は、ここより低くもあれば、雲海に消えていく山もあった。空には光が差し込んでいる。

空が照らされている。太陽だろうか。ここでもまだ見えぬ、どこかに灼熱の光があるのだろうか。明け方のような空だ。

遠くにある山、その向こうにも同じ山が続いているのかもしれない。だが、その時の彼らは、目の前の今に驚いていた。

「すごい」とエリは息をのむ。

静まりかえる空間に、「あっ！」というひときわ大きな声が聞こえた。

「ありました。レジャーシート」

広げられたカラフルなシートは、全員が座るには十分な大きさだった。

「おー‼　さすが先生！　気が利く～！」

高宮はすぐさま端を陣取り、身体半分をはみだしながらも、上半身だけはきちんとシートに乗せる。

繊細な景色を壊されたエリも、たまらずシートに倒れ込んだ。

「あ～もう疲れた～、動けない」

高宮とエリに続くように彼らも腰を下ろした。


しばらくして、寝息が聞こえてきそうな雰囲気の中、高宮は上半身を持ち上げた。

「おい、あれないのかよ、あれ！」

高宮と目が合ったのはエリだった。

「えーあれって何～」

エリのまぶたはまだ重く、静かに目を閉じた。

「パンケーキだよ、パンケーキ！　お前、部屋で作ってただろ！　ここであれが食べたい」

エリはふふふっと溢れるように笑った。

「こんなところに持ってきてないでしょ、さすがに」

「リュック見てみろよ！　入ってるかもしれないだろ！　冷めててもいいから、みんなで食べようぜ！」

強引に食い下がる高宮に、エリは仕方なく枕にしていたリュックをのぞいた。

エリは山中の休憩時、水分補給のために一度中身を確認していた。目当てのものがすぐに見つかったので、それ以上何かを求めることをしなかった。

「うん、なかった」

ほんの少しの期待も消えてしまう。

「はぁ!?? お前、なんで持ってきてねぇんだよ。まじあり得ない。普通持ってくんだろ」

「普通って何よ。普通って。うちは初めての登山なの。それに部屋入ったら、すぐここに出てきたんだから、作る時間なんてないわよっ!」

*

教室を出て各々が部屋の前に立つ。

黒い壁の中心に、今にものみ込まれてしまいそうな銀色の取手がある。手をかけておそるおそる開き、部屋の中へと踏み入れる。そこに望んだ日常が現れる。

夢を見る時がある。現実の記憶が無に還る。いくら自らに自信があり、どれだけ強く生きていようとも、夢の中だけは、現実に抗えない自分がいる。記憶を失ったかのように、そこでの日常に身を重ねていく。

誰かになり代わることを望まなければ、自らとして部屋の中で生きる。記憶はそのままに。

自らと登山をかけ合わせる。

＊

「せっかく雰囲気ある絶好の場所だったのに」

「雰囲気って、あんた登山をピクニックと勘違いしてんじゃないの？　永遠の登山って地獄でしかないでしょ！」

高宮はエリをあざ笑うように言った。

「ふだん運動してないからだろ」

「お前、まじやんのかよ」

エリは臨戦態勢に移り、大きく息を吸った。

「くっそやろー‼‼」

座りながら叫んだために、山々からの反響してくる声は小さく、途中で途絶えてしまった。

ただそれでもエリの表情は明るくなっていた。

「お、お前、急に叫ぶんじゃねぇよ」

高宮は遠心力を駆使し、勢いよく立ち上がる。

「ふっざけんなー！！！」

その声に反応するように、遠くの山が次々と呼応した。

「うぉーーーーー!!!!」

ふだん争いを好まない、穏やかで優しい先生の雄たけびだった。

彼らは気が済むまで叫び続けた。

「なんかいいね。叫ぶのって。誰もいないし！」

エリが言った。

「でしょ！」

まるで友達と話すかのように、先生のテンションが上がっている。

「だから、みなさんをここに連れてきたかったんです！」

「このために」

先生は目の前に広がる景色を前にして、小さくささやいた。

「少し考えすぎていたので、いったんスッキリしましょう」

「まぁ、たまにはいいですかね」

高宮は水平に広がる空に向かって言った。

「何がたまにはよ」と、エリが笑った。

「一番叫んでたくせに」

まぁまぁと言いながら、先生は服についた芝を払う。

「二人とも、これから下りが続きます。下りは少し気を付けないと、一気に転がり落ちる危険性があります。ゆっくり行きますよ」

エリは天空に向かって息を吐いた。ため息で吐いたつもりでも、この空にはすべて関係ないものとしてのみ込まれる、そんな気がした。

空にポツポツと浮かぶ雲が反転する。

「宙、いなくね？」


すべてを透き通らせてしまう空と、すべてを吸収しようとする山々。

かすかに触る残響に先生の意識が向く。

エリもまた自身の言葉を確かめるように、「宙がいない」と呟いた。

「あっ、宙君！」

四人は辺りを探した。

「どっかいったんじゃねぇの？」

と高宮はそっけなく言った。

「まぁあいつ根暗そうだし、みんなの前で叫べないんだろ！　だから、たぶんどっかで叫んでんだよ！」

「そうかなぁ？　迷ってないといいけど」

エリは心配そうに来た道を見返す。

「先生、どうしますか？」

尋ねられた者は、この事態に顔をしかめる。

「少し探してくるので、先に行っててもらえますか？」

高宮はタイミングを計ったように指を鳴らした。

彼にとって〝戻る〟というのは、〝衰退〟と同義でもあった。いったん通った道、知っている道を歩くことは、面倒以外の何物でもない。ただそれでも、ここには〝先生〟がいる。

「高宮君、翔君、女の子も一緒なので、ゆっくりお願いしますね。足元とか危ないので！」

先生は彼らに役目を授けると、宙を探しに足早にその場から立ち去った。

残された三人は少しだけ横になり、風が冷たくなった頃、高宮がくしゃみをした。それを合図に下山準備をはじめ、シートにこびりついた草を取り除いていた。


「おい、ちょっと待て。あれなんだ？」

「あ？　なんだよ」

「なんかあの山おかしくないか？　あれって、俺らが登って来た山だっけ？」

高宮は手を止め、翔が釘付けになっている山に目を向けた。

「何言ってんだ？　あっちはまだだろ」

エリもそれに同意するように、頷いた。

「じゃあ、なんで灯りがついてんだ？　ここに来た時、ついてなかった気がするぞ！」

「あかり？」と言って、再び山に目を向けた。

「灯り、灯り。あっ、ほんとだ！　なんかついてる！　なんでだ」

「なんでって、誰かが登山でもしてるんでしょ。そんなにおかしくないでしょ」

エリは自分の範囲だと決めていたところのゴミを取り除き、よしっと言って完結させた。

「あ、そうか」

高宮はエリに促されるように、再びしまいかけのレジャーシートへ視線を落とした。

すっかり山に目を奪われていた翔は、彼らを引き留める。

「本当にこんなところで登山する人なんているのか？　先生はたしかにどこかの山だって言ってたけど、こんなどこまでも続いている山なんてあんのか？　まったく街が見えないぞ」

「じゃあ何？　勝手に山に灯りがついたってこと？　やめてよ、そんな話」

「勝手につくかよ。俺らと同じように誰かが灯りをつけているんだ！」

「だから他に」

と厳しい顔をのぞかせたエリは、「あっ！」と声を張り上げた。

「なんだよ。びっくりすんな」

思ったより響いてしまった音に、エリは「ごめんごめん」と謝った。

「あの灯り、宙君が灯してんじゃないの？　だって、ずっといなかったじゃん！　最初から別の山に登ってたんじゃないの？」

「宙か」と高宮は呟いた。

彼らが最後に宙を見たのは、山に登る前だった。最後というよりも最初というべきか。高宮と翔は、宙を追って走った。走れば追いつく距離だったために、登る直前には宙に追いついた。そして、宙を追い越して山に入った。

エリもまた、てっきり宙も一緒に登るのだろうと、当然のように思っていた。

山頂にたどり着いた頃には、三人ともそんなことを気にしている余裕はなかった。自らに没頭せざるを得ない想像以上の疲れと、その疲れをも吹き飛ばす、壮大な景色に意識をとられていた。

宙をどこで見失ったかと言えば、三人に共通していたのは山の入り口、麓付近であった。そのため、同じこの山を登ったとは限らなかった。三人は、宙は最初から別の山に登っただろうという共通の見解にたどり着いた。

「そういえば、先生は？」

高宮が訊く。

エリはすぐさま振り返ったが、その姿を確認することはできなかった。

「もう宙君を探しに行っちゃったみたい。えー、どうしよう。どうする？」

「まぁしょうがねぇだろ。この山で先生を探すのも大変だし、そのうち合流できるんじゃねぇか？」

心配するエリを、「大丈夫大丈夫」と宥めた。

各々出発する準備が整い始めた頃、翔がふと言葉を漏らした。

「あれ、綺麗だな」

「あれ？」

と高宮は訊き返した。

「あの向かいの山。ぽつぽつとだけど、なんかあの灯りが増えれば、増えるほど。美しく見えるな」

翔から生まれた言葉は、純粋なものだった。

「たしかに」

高宮が呼応するように言った。

「でもあれ、空が晴れてたら見えなかったね！」

「まぁな。こんなに不気味だからこそだ」

二人はいつの間にか薄くなっていた空を見て、笑った。

現実世界では見られない、ここだけの特別な景色に映った。


普通なら暗くなってきた時、まだ山頂なんかにいたら恐怖に震えるだろう。テントなどのキャンプ道具も持たずに登山に来たら遭難する確率がグンッと上がる。

山を下るにしても、山頂ですら薄暗さを肌で感じているのに、山の中腹なんかは、もう真っ暗になっているかもしれない。この中に登山経験者がいたら、きっと言っただろう。素人を引き連れて登るなら、日が傾く前に脅してでも引きずり降ろして下山しろ、と。

だが、あいにくここにいる者も、ここまで連れてきた者も、山に詳しい者ではなかった。

そんな恐怖、いや絶望に近い状況にもかかわらず、彼らは、純粋に今を生きていた。

「なぁ。翔君」

「ん?」

「僕らもあれ作れんじゃねえか?」

「あれって?」

「あの灯りだよ」

「俺らが?　どうやって」

「いや、さっきやったみたいに、通路にどんどん灯りをつけて置いていけば、作れんだろ!」

高宮は翔が背負っているリュックを指さした。

「あの量は半端じゃないぞ。さすがにもう追いつけないだろ」

翔の胸には、勝利の二文字が刻まれている。

「いや、いいや」

高宮は幅広く首を振って続けた。

「こっちは二人いる。今からでも間に合うぞっ」

「ちょっと、なんでこんなところに勝負事なんて持ち込んでんのよ。やめてよ、くだらない」

エリが横から入った。

「お前な、こんなところだからこそだぞ！」

高宮の言葉に力がこもる。

「はぁ？　意味わかんないんだけど」

エリはあからさまに嫌な顔をした。

だが、高宮はそんなことも意に介さず続けた。

「こんな山で何をしろってんだよ！　つまらなくないか？　ただ歩いているだけ？　登っているだけ？　だったら、たくさん灯りをつけて山全体を明るく煌びやかにしようぜっ！　そうそう、これこそ、一燈照隅、万燈照国ってやつだ！」

「な、何よそれ。いっとう将軍？　ばんとう……何⁉」

「そんなのどうでもいい、とにかくたくさん火を灯せば、どこもかしこも闇がなくなる！　安心安全な山にできる！　お前は、そこにいていい！　僕らは先に行って灯りをつける！」

「ちょっと、ちょっとまって‼」

エリは嫌な雰囲気を感じ取り、止めようとした。しかし、高宮はそれを静止させ、グッと親指を突き立てた。

二人は入念なストレッチを始めた。高宮はよく見かけるラジオ体操からの抜粋。翔は何やら流れるようなルーティンを。各々が思い思いに身体を動かした。

「うちをこんなところに置いてかないでよっ‼」

エリが諦めずに訴え続けるが、期待するようなものは得られなかった。

かすかに反応をみせた高宮は、「これ落としていくから」と言って、カッコよくペンライトを取り出した。

光彩を放ってはいたものの、少し時間が経っていたのか、チカチカと頼りのない姿だった。

二人は勢いよく駆け出した。

「あー！　おい！！！　おい、おい、まじかよ。こんなところにか弱い女の子を置いてくなっつうの～～～～～～」

（ガヤガヤ）

灯りのある方へ向かった高宮と翔のたどり着いた場所では、浴衣姿の人々が楽しげに往来していた。

「おいおい、なんだよこれ。なんなんだよ」

高宮が困惑したように言った。

「これはやべえな」

「おいおいおいおいおい。なんでこんなところで、祭り？？」

賑やかな縁日の光景が目の前に広がっていた。一定の間隔で並ぶ提灯。足元にも同じように灯りが灯されている。

人が三、四人ほど横に並んで通れるくらいの路が一本伸びている。その脇に、ポツンポツンと空間ができ、そこに出店のようなものがはめ込まれている。

（ガヤガヤ）

会話なのか、生活音なのか、様々な音が複雑に絡まり合っている。

「あ、あのすみません」

二人の横を通り抜ける者に翔が話しかけた。

その姿を見た二人は悲鳴を上げそうになった。

赤ら顔に、鼻が尋常ではないほど伸び切っている。眉間にしわを寄せ、近づくなと語っているようにも見える。

高宮が一歩、二歩と後ずさるのに対し、翔はその場に踏みとどまった。

顔色ひとつ変えない不自然にテカテカした長い鼻、どこか違和感を覚えた。よく知っている造形に胸のつかえがとれる。

「天狗だよ、天狗。天狗の仮面を被ってるんだ」

翔はそう言ってほんの少しだけ距離を詰め、後ろで構えている高宮に頷いてみせた。

「目の前のはおそらく祭りだ。この人は天狗の仮面を被っているだけ。この中のどこかで仮面を売ってるんだろう」

高宮はなんとか状況を理解しようと近づこうとするが、足がすくんで歩けなかった。提灯の灯りが逆光となり、天狗の姿が余計不気味に映ってしまう。

たじろぐ高宮を横目に、再び翔が天狗の仮面に声をかけた。二人をジッと見つめた後、少しして、仮面の向こうから声がした。

「xxxxxx」

ボソボソとこもる、聞いたことのない言葉に、翔は耳を傾ける。

「xxxxx、xxx」

高宮は日本語以外にビジネス英語ぐらいまではなんとか話せた。

翔は、高宮以上に多くの言語、主に欧州の言語が話せた。サッカーで海外に出るための準備として、小さい頃からサッカーの練習と並行して多くの外国語も勉強をしていたからだ。

そのため、仮面をつけたどこの誰だがわからない者に対しても、臆することなくコミュニケーションを図ることができた。

話すことはおぼつかなくても、聞くこと、内容を理解することぐらいはできるだろうと思っていた。内容を理解できたら、後はジェスチャーとカタコトの言葉でやり過ごす。

だが、そのプランも、ここでは一切役に立たなかった。

聞き覚えのない言語であった。

ここでは新参者の高宮と翔を除いた他の者たちは、きちんと会話が成り立っているように見える。そしてもう一つ、ここで判明したことがあった。

ここにいる全員は、何かしらの仮面のようなものを身につけているということを。

時に、天狗のように顔全体を覆うように。時に、頭の後ろにつけて歩いている。時に、手に仮面を持って歩いている者もいた。天狗以外にも、きつねや鬼、般若など多様に存在していた。

二人はしばらくの間、その山で行われている〝縁日〟を見て回った。

彼らはここで使えるような通貨を持っていない。


「おい、おい！」

「あ、なんだよ」

「なんかあの子泣いてるけど、なんかあったんかな」

高宮が指さす方に、小さな子どもがうずくまっている。

「声かけてみればいいじゃん」

翔にはそう言われたが、高宮は目の前の異様な光景に未だのみ込まれていた。近づこうに近づけず、ましてや声をかけるなんてこともできなかった。ただそれでも、このまま放っておくこともできなかった。

「あの子の周り暗くね？　あそこ明るくすればいいんじゃねえのか。ペンライト、まだある？」

駆け下りてきた山で多少置いてきてしまったために、在庫がどれくらいか数えてはいなかった。ましてや、ここでも使うとは思ってもいなかった。遠くからでもわかるほどに、灯りが灯っていたから。

「どうだろう。えっと、あっ！　まだあった。むしろ、まだまだあったわ！」

高宮は、翔から手渡されたペンライトをうずくまっている子の横にそっと置いた。

「ｘｘ、ｘｘ」

子どもはその灯りに気が付くと、ゆっくりと顔を上げた。

「お？　泣き止んだんじゃねえか」

高宮は嬉しそうに言った。

「ｘｘｘ」

「ほら、笑ってんじゃん！　大丈夫っしょ！」

「ｘｘｘｘ、ｘｘｘ！」

仮面をつけた子どもは、明るくなった足元を見てステップを踏み、楽しそうにリズムを刻んだ。


「ってか、お前のに入っていないのかよ。なんか使えるもの」

翔に言われて、高宮は背負っているリュックを地面に下ろした。

山を登り始めてから、まだリュックの中身を確認していなかった。持った時の感覚、外側から触った感覚として、丸い円柱のようなもの、おそらく飲み物あたりだろうと想像していた。だから、翔に言われるまでそれを開けるという行為に及ばなかった。

「こん中には水ぐらいしか入ってねぇよ」

「はぁ？　それだけで登山にきたのかよ」

「別に俺が選んだわけじゃねぇ」と吐き捨てながら、高宮はバツが悪そうに触れたものをリュックから取り出した。

「えーと、ウエットティッシュ、着火ライター、虫よけスプレー……」

そこまで言って、手が止まる。

翔はあきれて言った。

「お前、ほんとにろくなもん入ってねぇな」

高宮の反撃能力は失われ、肩を落とした。せめてもの期待も自明のもとにさらされる。福袋の中身はガラクタのみ。

再び荷物をリュックの中へ戻そうとした時、翔がその手を引き留めた。

高宮は釈然としない面持ちで身を任せた。


「たぶんこいつら手で火を起こしてるぜ⁉　周りの落ち葉が少し燃えてるし！　非効率だろ！」

翔は足元に置いてある灯りに近づき、しゃがみ込んだ。そこには焼けかかった葉がまばらに散っていた。

高宮ものぞき込むように、それらを確認する。

「たしかに、これは大変だな。ってかむしろ、これ全部手でつけたのかよ。恐ろしいな」

足元に灯されていた火の周りには、それを囲うように木の枝がみっちりと隙間なく立てられていた。おそらく風よけのためだろうか。底は粘着性のある土が敷かれていて、灯りが倒れないよう工夫されている。そんな細かな灯りが、数百、数千、もしくは数万と無数に続いていた。

圧倒される空間に思わず声がこぼれる。

翔はそれを掬い上げた。

「昔の人？」

高宮は何かを思い出すように頷いた。

「歴史の教科書で見たことあるんだよね！　昔はこんな風に火がつけられてたのを」

その説に翔は納得した様子をみせたが、高宮はいまだ腑に落ちていないようだった。

「でも、なんで昔の人がここにいるんだ？　死んだ人ってこと？　あり得なくない？」

翔は一度深く息を吸った。

「お前はもともとこの世界、この不気味な山を当たり前だって思ってんのか？　発展してきたからこそ、もうそこまで来てんだよ」

世の中は発展を繰り返し、未来、現在、過去と接触することに成功した。どの時代にも、どの瞬間にも、誰にでもなり替わることができる。二人に異論はなかった。


「ねぇ、翔君」

「あ？」

「僕らがここを永遠に望むのって、いいと思わない？」

「はぁ？　お前イカレてんだろ！　俺は永遠にサッカーをする、それが望みだぞ」

「だったら、最初に集まったところにグラウンドでもつくればいいじゃん」

高宮は目を輝かせて言った。

「まぁまぁ広かったよ！」

翔は首を横に振り、鼻で笑った。

「こんなとこでできるかよ」

それでも、その瞳をにごすことはできなかった。

高宮は「無限の可能性」とつぶやき、突如として走り出した。路を外れ、茂みの中へと潜っていく。

「お、おい！　そっちあぶねぇぞ」

翔の声は高宮には届かなかった。


道なき道、木々が乱立している。

葉が何枚も重なるようにして空を覆い隠し、足元の黒い影が、かろうじて障壁であることを知らせてくれる。山道の灯りが小さくなっていく。

高宮の姿が大きくなり、足を止めた。

「お前、いい加減にしろよな」

高宮の目には子どものようなキラキラとした原石が光っていた。

「無限の可能性だ。無限の可能性が本当に広がっている」

郵便はがき

料金受取人払郵便

新宿局承認

2524

差出有効期間
2025年3月
31日まで
(切手不要)

160-8791

141

東京都新宿区新宿1－10－1
(株)文芸社
愛読者カード係 行

お名前《ふりがな》		明治 大正 昭和 平成　年生　歳		
ご住所《ふりがな》	□□□-□□□□		性別 男・女	
お電話 番　号	(書籍ご注文の際に必要です)	ご職業		
E-mail				

ご購読雑誌(複数可)	ご購読新聞 新聞

最近読んでおもしろかった本や今後、とりあげてほしいテーマをお教えください。

ご自分の研究成果や経験、お考え等を出版してみたいというお気持ちはありますか。

ある　ない　内容・テーマ(　)

現在完成した作品をお持ちですか。

ある　ない　ジャンル・原稿量(　)

書　名				
お買上 書　店	都道 府県	市区 郡	書店名	書店
			ご購入日	年　　月　　日

本書をどこでお知りになりましたか?

1.書店店頭　2.知人にすすめられて　3.インターネット(サイト名　　　　　　　　　　)

4.DMハガキ　5.広告、記事を見て(新聞、雑誌名　　　　　　　　　　)

上の質問に関連して、ご購入の決め手となったのは?

1.タイトル　2.著者　3.内容　4.カバーデザイン　5.帯

その他ご自由にお書きください。

(　　　　　　　　　　　　　　　　　　　　　　　　　　　　　　　　　　　　)

本書についてのご意見、ご感想をお聞かせください。

①内容について

②カバー、タイトル、帯について

弊社Webサイトからもご意見、ご感想をお寄せいただけます。

ご協力ありがとうございました。

※お寄せいただいたご意見、ご感想は新聞広告等で匿名にて使わせていただくことがあります。

※お客様の個人情報は、小社からの連絡のみに使用します。社外に提供することは一切ありません。

翔は笑った。

「ただの不気味な山だろ」

「違う、違うよ。僕らは手に入れたんだ」

高宮は声を震わせた。

「はぁ？　何を」

「ここは不気味な山だ。どこまでも続く不気味な山だ」

「だから、そうだって」

「だからここは、ブルーオーシャンなんだ」

二人は目の前に広がる大自然を見ながら、会話を交わらせた。

ブルーオーシャンとは――――、それが何を意味するのか、翔はあまり興味を示さなかった。

俺はサッカーができればいいと。

それならここでグラウンドをつくればいい、と。

頭を悩ませたが、今すぐにでもと首を横に振った。

ここは永遠だと応えた。縦に振ることはなかった。

その中で唯一、二人の意見が重なったものがあった。

ブルーオーシャン

「さぁ‼　みなさん‼　ここに注目――‼」

高宮は身体全体を使って声を上げる。

「ｘｘｘｘｘｘｘ――‼‼」

高宮の声に呼応するかのように、絶大な盛り上がりを魅せる。祭りならではの、雰囲気だけで盛り上がる魔法だ。

「今から、私が神になります‼」

高宮はそう言うと、後ろに隠し持っていた仮面を纏った。

右手に虫除けスプレー、左手に着火ライターを持ち、四角い箱のようなものに乗っていた。

そして、次の瞬間。着火ライターの火にスプレーを吹きかけた。火柱が勢いよく大衆の前を駆けめぐった。辺りはシンと静まりかえる。

さぁもう一度と、火柱を再び走らせた。

「ｘｘ、ｘｘｘｘｘ！！！」

その者たちは大いに飛び跳ねた。

地鳴りが山中に響き渡るように、大地が揺れる。

「おーし‼　いい反応だ‼　これが未来の技術だっ‼‼」

「ｘｘｘｘｘｘｘ――――‼‼‼」

「これでここの灯りは永遠に灯り続ける‼　暗いところは僕が、俺が一気に明るくしてやる‼

だから、俺についてこい！！！」

彼は自らを神と称した。

時代は違っても、どこにでも神、信仰する者はいると考えた。肝心な言葉が通じない。そんなのは百も承知だ。それでもこの歓声は気持ちがいい。

そして何よりも、これから起こることに胸の高まりが止まらなかった。

「見てろっ‼　ここに消えかかっている火が、灯りがある‼　これを一気に生き返らせる‼

ワン、ツー、スリー‼　ゴー！！！」

頼りなくゆらめいている火を集めていた。バースデーケーキのロウソクのように十数個の灯りを丸くかたどる。

そこに火を噴きかける。それらはたちまち息を吹き返し、力強く燃え上がった。

それを目の当たりにして、未踏の大歓声が湧き起こった。

「ｘｘ、ｘｘｘｘｘ——!!!!」

「ウォーーーー！！！」

「ｘｘｘｘ——————！！！」

「よっしゃー！　消えかかってる火！　全部もってこい!!　俺がつける!!」

「ｘｘｘ!!」

「どんどんもってこい！」

「ｘｘｘ!!」

「もってこいって言ってんだ！　ウォー、じゃねぇ!!」

「ｘｘｘｘ——————！！」

「おいっ!!」

「ｘｘｘ!!」

「おいっ！！！」

「ｘｘｘ！！！」

「シッ」

口を閉じるよう指を立てる。

「ｘｘ」

それに続いた。

〝神〟はこらえきれず笑った。

彼らも同じように笑った。


一人の女の子が〝神〟の元へとやって来た。

さっきうずくまって泣いていた子だ。

仮面をとり、優しく話しかける。

その女の子は、後ろに隠し持っていた灯りをそっと差し出した。

高宮は何も言わず手に持っていたスプレーを地面に置き、手持ちの着火ライターでそっと火をつけた。

再び、女の子は笑った。

その動向を見守っていた彼らは、一目散に走り出した。

「ｘｘ!!」

すぐさま一人目が到着する。

その者の手にそっと包まれるように、うっすらと消えかかっている灯りがあった。

カチッと火をつけた。

「ｘｘｘｘ――!!」

飛び跳ねるように駆け出す。

高宮はその光景に胸を強く打たれた。

走り去る者を眺めていると、その姿を隠すように次々と影が現れる。

いつの間にか次の大衆が押し寄せてきていた。

その数に圧倒されつつも、覚悟を決めるかのよう深く息を吸った。

「よしっ！　どんどん持って来い‼」


カチ、カチと、持ち込まれる灯りに対処している間に、たちまち辺りは大渋滞となってしまった。

厖大な量の火を灯そうと意気込んではいたものの、一つ一つ灯していかねばならず、理想と現実は少しだけ離れていた。

押し問答をして、何か言い合いをしている者も見受けられる。

それを見かねた高宮は、いったん彼らを手で押さえつけて、しゃがみ込む。一つの灯りを頭の上にそっと載せてみせた。

その姿勢を維持していると、瞬く間に、前にいる者たちから灯りを頭上へと運び、順に沈んでいく。

動くな！　と言わんばかりに、手で抑制しながらゆっくりと立ち上がる。ボワーッという音とともに、激しい火柱が頭の上を通り過ぎた。

目の当たりにした者たちは、ギュッと目をつむり、身体を硬直させた。

彼らは高宮の「よしっ」と言った合図でそっと目を開き、頭上に掲げた灯りを静かに下ろす。

「ｘｘ、ｘｘｘｘ!!」


その者たちは、〝神業〟に魅せられ、雄たけびを上げた。

火が灯り駆け回る者たち。危うく揺れる灯りにハラハラしつつも、高宮はえも言えぬ表情をみせた。

一陣が去り、二陣が去り、三陣が去った。とめどなく流れて来る。

だんだんと消えかかる火はなくなり、変化のない景色に盛り上がりも欠けていった。

一段落した後、スプレー缶を振り中身をたしかめる。

カラン、カランと音がする。あまり残っていないようだ。終わり終わりど手で払いのけた。

盛り上がりをみせていたその空間も、今はもう静けさの中。

その者たちはバラバラに散って立ち去っていった。


「あいつ、どこ行ったんだよ」

辺りを見渡す高宮に、ちょんちょんと誰かが袖を引く。

「おまえ、どこに」

高宮は不快感をむき出しにして振り返ったが、望んだ場所には誰もいなかった。視線を落としたところに、見覚えのある仮面をつけた子どもがいた。

「どうした、お嬢ちゃん」

「xxxx」

少女はうつむきながら、そっと指をさす。

「ん？　あっちになんかあんのか？」

「xx、xxxxx！」

「なんだ？　あっちがどうした？」

なんとか理解しようとする高宮をよそに、少女はたちまち走り出した。

「あっおい！　ちょっとまてよ！　なんだよ、つけてほしいならこっち持って来いよな。おいっ」

少女は飛び跳ねるように走り続ける。

一直線に走り去るのを見て、高宮は「そっちあぶねぇぞっ」と声を張り上げた。

しかし、少女の足が止まることはなく、躊躇なく茂みへと入っていく。

「おいっ！　あぶねぇって！」

高宮もすぐにその後を追う。

かすかな残像を追いかけて、灯り一つない、真っ暗な茂みを夢中で走った。

突如として、その影は鮮明になる。背を向け、立ち止まっている。

「お前、あぶねえよ。そっち崖だぞ！」

高宮は若干の息切れをしていたが、一呼吸して息を整え、横に立った。


木々が消え、薄暗い静まった世界。

覆いかぶさるものがなくなり、うっすらと現れたモノクロの植物たち。ほんの一メートル先に、寸断された黒。すべてをのみ込まんとする黒がある。高宮は背筋がぞっとした。

「ここに灯りをつけるより、ここに来させないようにすればいいんじゃねぇか？　それこそ柵でも立てて」

高宮に問われた少女はじっと一点だけを見つめるように動かなくなり、その違和感のもとにたどり着いた先は、向かいの山だった。

「あの山がどうかしたのか？」

少女は高宮の手からスプレーを奪い取り、向かいの山に向かって吹きかけた。だが、そんなものは届くはずもなく、むなしく霧散する。

「えっ⁉　あれにもつけろってか？」

なんとか望みをくみとろうとするが、さすがにと笑った。

「ｘｘｘｘ！」

駄々をこねるようにジタバタと足をばたつかせ、もう一度強く吹きかけた。

ビューと強い風が吹いた。

散り行く霧が高宮に向かって吹き付ける。

「うわっ」

目をキュッとつむり、両手で顔を覆った。

「お前ふざけんなよ」

その者はケラケラと笑った。

ムキになった高宮は、強引にスプレーを取り上げると、その者は驚きのあまり、ううぅっと泣き出してしまった。

その姿をもどかしそうに見つめ、「ごめんな」としゃがみ頭をなでた。

こくんと頷くと、少女は再び指をさした。

高宮は向かいの山を見て、息をついた。


「xxxx!!」

二人の後ろで声がした。

高宮はとっさのことにバランスを崩した。

暗闇から現れたのは、腰を大きく曲げた老婆だった。

「おどかすなよ」

心臓の音が跳ね上がる。

辺りは薄暗く、山道を背に小さな光がほんのり逆光にもなっているため、細やかな表情までは確認できなかった。

老婆はじっと二人を見つめ、口を開いた。

「xxxx!」

「xx」

「xxxx!!」

少女は、老婆と会うなり会話を始めた。

高宮は慣れない言葉のやりとりに、ただただ呆然と立ちすくんでいる。

「xxx」

「xxxx!!!」

強く、大きくも覆いかぶさるその声に、少女は仮面を脱ぎ捨て走り去ってしまった。

一粒の雫が肌に触れる。

「おい、あんた何言ったんだよ?? あの子泣いちゃったじゃんか!」

少女を追いかけようとしたが、もうその姿は見えなくなっていた。ガサゴソという音だけが、どこかから聞こえている。

「あんた、何言ったんだよ！　そんな強く言う必要ねぇだろ！　かわいそうに」

「かわいそうなんてもんじゃあない。あそこに灯りを灯してはならぬのじゃ」

「なんでだよ！　別に暗いとこ……」

そこまで言うと、何かに気づいた高宮は全身を震わせた。

「は、話せるのかよ‼　しかも、日本語！！！」

驚きのあまり言葉を詰まらせた。

「あの山は灯りを灯してはならん。あそこだけは守り抜かねばならぬ」

「なんだよ、急に。別にいいじゃんかよ。ってか、ほんとに暗いより明るい方が良いに決まってんじゃん！　不気味だから、それを克服するんだろ？　なくす努力をするんだろ？　それに……」

そこまで言って、高宮は背後に広がる景色に、息をのんだ。

「それに……」

なおも呟くように放つ声は、目の前の異様な光景にあっさりとのみ込まれた。

翔といた頃に見た景色。どこまでも続く不気味な山に、高宮は心を通わせていた。

だが、その頃の面影は微塵も感じることはできない。向かいの山が不気味なのはただ暗いからではない。その山以外のすべての山に、煌びやかな灯りが灯っていたのだ。その中で向かいの山だけは暗いままでそこに存在している。

以前の記憶がすべて書き換えられるかのように、灯りが灯った魅惑的な山が連なっている。

「それが人間の弱さじゃ。それが人間最大の罪じゃ。灯りを灯してはならぬ」

高宮はふと、我に引き戻される。

「い、意味わかんねぇババァだな。暗かったら歩けねぇし、あぶねえじゃんかよ！　あんたなんかつまずいたらポックリいっちまうだろ？」

「恐れゆえに、我々は山を燃やした。夜を燃やした。恐れを燃やしたのだ」

高宮は小刻みに身体をゆすり始める。

「まじよくわかんねぇけど。要するに、嫉妬しているわけね？　自分じゃあの山に灯りをつけられない、先を越されたくないだけだろ？　なぁ」

老婆はゆっくりと首を振った。

「若者よ、わしらは、特別な生き物ではないのだ。人間様ではないのだ。彼らと同じように、ただ地平線に浮かんだ一つの生命にすぎぬ。彼らと共存するためにも、あの山だけは残しておかねばならぬ。頼む、灯りを灯さないでくれ」

高宮は深く息を吐いた。もうすでに、頭の中は限界を迎えていた。

「まぁ、もともと行くつもりはないから気にすんな」

「すまぬ。ほんとうにすまぬ。すまぬ。すまぬ」

老婆はそう言うと、曲がりかかった腰をさらに深くまで下げた。

高宮は思わずヒィッと声を上げた。

「なんだよ！　やめろよ！　行かねえって言ってんだろ？」

真っ暗闇の中、木立《こだち》の隙間から山道のかすかな灯りが漏れる。それが老婆の影をくっきりと示し、ほんの少し飛び出た首のシルエットが消える。

高宮の真後ろには、寸断された黒の世界。

「すまぬ。すまぬ。すまぬ」

「やめろっ！　夢にでる‼　謝んな！　ってかどっかいけっ！」

高宮は老婆の横を走り抜け、かすかな光をめがけて、まっしぐらに駆けた。

老婆は走り去る高宮の影を見つめ、灯りをと呟いた。


（コンコン、コン）

教室とベランダを隔てるドアの窓ガラスを叩く。

エリが中で手を振っている。それを見て、ちょこんと頭を下げる。

「そんなとこで何やってんの？　あんたも叫んでんの……？」

おそるおそるドアを開ける彼女に、静かに首を振る。

「眺めてただけ」

エリが一人、登山から教室へ戻ってきた時、ベランダにいる宙の姿を見つけた。

「あっそうなんだ！　よかった〜。まじあのうねり声みたいのきついんだよね、夢に出そうっていうか」

エリは全身に寒波が襲い掛かっているかのように、身体をさする。

宙はそんなエリの様子に微笑みかけて、言った。

「もう大丈夫だと思うよ？　下に誰もいないし」

エリはその事実にすかさず身を乗り出そうとしたが、一度踏みとどまり、「ほんとに？」と念を押してから敷居をまたいだ。

「ほんとだ。ほんとに、誰もいないね？」

永遠と死

誰もいなくなった下（世界）を見つめた。

あれは人間だったのかどうかもわからない。ただこっちをじっと見られていた。他の生物だと言われれば、それも信じていたかもしれない。ここだからこそ。

走れば土埃が舞いそうで、少し離れたところに大きな樹木、その周りを覆うように小さな植物たちが育っている。そこに生まれた者たち。今はいない、喪失した者たち。

「ってか、いつからいないの？　来た時に誰もいなかった感じ？」

「そんな感じ」

宙が応えた。

「誰もいなかったかな」

「かなって何よ」

エリは笑った。

「宙君はなんか面白いね！」

「僕が？　なんで？」

「おぉ、意外と食いついた」

機嫌を損ねる宙に「ごめんごめん」と宥めるように笑う。

「ただ、なんかいつもあまり人を寄せ付けないというか、なんというか、そんな雰囲気あんじゃん？」

「それ、僕にきく？」

「ごめんごめん。悪い意味じゃないんだ！　なんというか、ベールに包まれているっていうか。そんな感じ？」

「そんな感じ？」

「あ〜なんだろうな、なんだろう。なんか丸いベールに包まれてる」

「丸いベール？」

「そうそう！　いつも思ってたんだけど、あ、いつもじゃないかもしれないけど」

「うん」

「そういえば宙君、いつもなんで着ている服に月が入っているの？」

エリの視線を追うように、宙は自らの着ている服に目を向ける。

「毎回服は変えてると思うんだけど、絶対夜だよね？　月が好きなの？」

「う〜ん、雰囲気的な？」

エリがふふふっと口をおさえて笑った。

宙はその光景を不思議そうに見つめる。

「あははははは」

エリはこらえきれず、ベランダのへりに寄り掛かった。

「え、何？　何かついてるの？　教えてよ、ねぇ」

再び吹き出しそうになるが、なんとかこらえて顔を上げる。

「なんかうちら、〝はてな〟しか使ってないね。なんかうける」

「そうかな？」

宙は首をかしげる。

「……たしかに」

二人は声を上げて笑い合った。


ありのままを残し、外に向き直る。

「でも、それが普通なんだと思う。この世界で」

「これが普通？　はてなしかない世界が？」

エリが顔をのぞくように訊いた。

「嫌だよ、答えがない世界なんて。なんも成り立たないじゃん」

「そうだね」

宙が優しく笑った。

「ほんとに面白いね。なんかあんま話す機会ないから、どんな人かわかんなかった！」

ほんの少し頬を赤らめ、恥ずかしそうに笑うエリがいた。

「……僕のことは」

宙の小さな声が生まれた時、同じぐらいの高さにある木々が揺れた。

「ん？　なんか言った？」

宙の口はすでに閉ざされ、眼下に広がる景色を見つめている。エリの視線に気づき、微笑んだ。

「気持ちいいね。外って」

二人はベランダのへりに寄り掛かり、吹く風を感じた。

「まぁでも、あの人たちがいたら嫌だったけど、誰もいないなら気持ちいいかも！」

「叫んでみれば？」

いやいやと、再び寒気が彼女をおそう。

「叫んだ瞬間に出てきそうじゃん」

「そうかな？　じゃあ僕が……」

「まってまって‼」

慌てて教室に戻ろうとした時、視界に翔の姿が映り込んだ。

「あいつ、帰って来てんじゃん！」

宙は途中で息を止め、行き場を失った声をそっと景色になじませた。


「帰って来たなら声かけてくれればいいのに！」

「なんか楽しそうにしてるから、黙ってたんだよ」

「楽しそうって、そんな楽しそうだったかな⁉　別にめっちゃ楽しいってほどでもなかったと思うけどー」

翔は小馬鹿にしたような笑みを浮かべ、ほらと指をさした。

「宙が悲しんでるぞ」

「えっ、あ、ごめん！」

宙は机に突っ伏すようにうずくまっている。

向けられた声に気づくと、宙はゆっくり身体を持ち上げた。

「全然大丈夫。僕もめっちゃ楽しんだわけじゃないから」

「ちょ、ちょっと」

エリの頬がほんのり赤く染まった。

翔はご機嫌そうに声を上げて笑った。宙も後に続いた。

笑っている瞬間、それをいくつも切り取って、永遠に続けばいい、そう誰もが願っている、気がした。願っていれば。


「先生はまだ帰ってこないんだね？」

「あっ！　そうだ！　そういえば」

エリは宙が落とした言葉の記憶を探す。

「宙君のこと探しに行くって行ったきり戻ってきてない！」

「僕を？」

「そうだよ〜！　宙君がいなくなったって騒ぎになって、探しに行ったんだよ！　まだ探してんじゃないのかな？」

他人事のように振る舞う宙に、エリは少しいら立ちを覚えた。

「そんな騒いでいないけどな」

翔がボソッと言った。

「あんたは黙ってて」

翔と宙の間に座っている彼女は疲れを見せていた。

次々と移り変わる景色、消化不良のまま蓄積されていくものに限界が近かった。理解しようと求めるのではなく、一つ一つ丁寧に手放していくこと。諦めていくことが、この現実を生きる上で必要な能力だった。

「ってかなんかニヤニヤしてるっていうか、なんかあんたも変わった？」

「あんたも？」

エリはあきれたように、ふふっと笑った。

「なんなのあんたら？　なんでこっちが質問してんのに、はてなで返すのよ！」

「だって、なんか曖昧だから仕方ないだろ！」

「そうかもしれないけどー」

エリは自らの感情を受け止めきれず、あえなく机に伏せた。だが、すぐさま両手で机を叩き、大きな音とともに上体を起こした。

「宙君のこと探しに行ってんのに、宙君がここにいたら、見つかりっこないじゃん！」

再び机に伏せた。身体から力が抜けていくのがわかる。

教室に静けさが戻ってきた頃、ドアが開いた。

その聞き覚えのある音、待ちに待った音にいち早く反応したのは、エリだった。

「先生っ‼」

勢いよく起き上がり、セミロングの髪がぱぁっと花開くように舞った。しかし、それもすぐにしぼんでいった。

「高宮かよ」

「なんだよ。嫌な奴みたいじゃん」

「うん、まぁそれは否定しないけど」

高宮は教室に帰ってきて早々、理不尽にも気分を害された。

「はぁ〜、早く先生帰ってこないかな〜。いつもなら教室にいてくれるのに」

「先生、先生ね」

一つ席を挟んでうなだれる彼女を横目に高宮が呟いた。


「そういえば、そのベランダの外にもう人がいなくなっているわ」

エリからぶっきらぼうに吐き出された言葉は、そこに存在する者たちの思考を巡らせていく。

「さっき仲良く話してなかったっけ?」

「はぁ?」

エリは腹の底から怒りが湧き上がってくる。

「なんでうちがあんな人たちと話さなきゃいけないのよ。何よりも避けたいことだわ。っていうか、あんた、仲良くってそっちだったんかい」

「ってか、なんでいないんだ？　いつから？」

「知らないわよ。宙君が先に気づいたの。ベランダにいたから」

エリの後ろから宙が顔をのぞかせる。

「ずっと外にいるのも大変なんじゃない？」

翔は事態を噛み砕くよう小刻みに頭を振る。

「うん。たぶん毎回先生が呼んでるんじゃない？　大声で」

なるほどと、徐々にそれぞれの思考のピースがはまっていく。

「じゃあ先生の代わりに彼らを呼んでみるか？」

「やめて！！！　やめて!!　無理!!　まじ無理！」

エリはすぐさま激しい剣幕で拒絶した。

「なんでだよ！　なぁ、お前もそう思わねえ？　呼んだ方がいいよな？」

エリの勢いに乗っかり、翔が後ろを振り返る。

高宮は虚空を見つめるかのように、一点だけをじっと眺めていた。

「なぁって」

翔の言葉に力が宿る。

その圧に、驚いた様子で高宮がこちらの世界に戻ってくる。

「あ、ごめん。なんだっけ」

「話聞いてろよ！　ベランダの人だよ！　呼んだ方がいいよな？」

再び悪だくみを企てる翔に、高宮は「そうだね」と力なく応えた。

「何、高宮は登山で疲れたのね！　いつもは飛びつくのに。あんなにはしゃいでたからよ」

高宮はエリと少し目を合わせたが、何も言わず、ゆっくりと視線を外した。

エリは静かに佇む教壇を見た。

あの向こうには、いつだって先生が立っていた。優しく頷いてくれる、あの先生がいた。残像が名残惜しく映る。


ふん、ふんと、途切れとぎれの音がする。

話し声のなくなった静かな教室に、それは唯一の音をもたらしている。

その音に気が付き、身体を起こす。かすかに見える教壇のうすら影に、なんとかここが例の教室だと理解する。

外はまだ明るく、木々が立ち並んでいる。窓枠に切り取られた静止画のようだ。

少し視線を下げたところに、宙がうつ伏せになり眠っていた。登山で疲れてしまったのだろうか。それでもこの教室では誰にも怒られない。

ふん、ふんと音が聞こえる。

エリの脳が少しずつ冴えてくる。

首をほぼ一八〇度回転させ、眠たげな顔を向ける。

背もたれに寄り掛かり、目を閉じている。

しかし、どこかその正体に確信を抱いていたエリは、じっとその時を待った。

「ふんっ、ふんっ」

「あんたうるさい」

エリは翔が現れた瞬間を見逃さなかった。

「みんな寝てんだから、静かにしなさいよ」

翔はエリの向こうをのぞくようにあごでさした。

「お前の声で、宙が起きたぞ」

エリは伸びをしている宙に、「ごめん」と言った。

「ううん、全然大丈夫」

宙の声を確認した後に、エリは再び翔の方に振り返る。

「あんたさっきから、少しうるさいよ。鼻息かしらないけど」

「鼻息?」

「そうよ！　ってか、ここに来てからずっとニヤニヤしてるけど、なんなの?」

「ニヤニヤ?　俺が?」

「あんた以外に誰がいんのよ」

翔はその言葉をなぞるようにして、次第に表情が晴れやかになっていった。

「そうそう、そうなんだよ。聞いてくれよ！」

「いやでも聞かされてるわ」

エリは翔に蔑んだ視線を送る。

しかし、真っ青に力強く広がる空に、雲一つとして権威を与えなかった。

「あの選手に会ったんだよ！　あの選手に！」

「あの選手って誰よ。あとどこで会ったのよ。夢の中？」

「はぁ？　ちげぇよ、夢じゃねぇ、現実だ。現実に、あの山で、ロナウジーニョに会ったんだよ！　ロナウジーニョ選手だぞ⁉　やべぇよまじ」

「誰それ？　知らないけど」

「はっ⁉　知らねえの？？　いやいや、ロナウジーニョ選手だぞ！　世界的スーパースターだぞ⁉」

「知らないわよ。もともとサッカーなんか興味ないんだから」

「いやさすがに。サッカー知らなくても、ロナウジーニョぐらい知ってるだろ！」

「知らない」

遮断される想いをもどかしく感じた翔は、エリとの会話を外すかのように、

「宙は？　ロナウージニョ知ってる？」

と尋ねた。

「うん、名前くらいは」

「ほらな!!　ほらっ!!」

翔は少年のようにはしゃいだ。

「知らないわよ。というか、そんな有名な選手がなんであんなところにいんのよ。どこの山かも知らないのに」

晴れ渡る空も、永遠には続かない。いつかは雲が空を覆い、雨を降らせる。誕生と喪失を繰り返す、はかない生命のように。ただその〝はかなさ〟も、永遠の前では薄れていく。

「で、サインはもらったの？　せっかく会えたんだし」

翔は「サイン」と言葉をのみ、

「あーーーー、サイン、サインもらうの忘れた……」

と言って反射的に立ち上がり、教室の入り口を見る。ピタリと動かないドアに、肩を落とした。

「だからさっきから楽しそうだったのね！　なっとく」

「楽しそうだったか？　楽しい？」

翔が目に涙を浮かべながら、訊き返す。

エリは仕方なく応える。

「いつもより楽しそうだったわよ。騒々しいぐらいにね」

「楽しい、楽しいか。楽しかったのか。おれは」

「うん。なんか楽しそうだったよ！　いつもよりテンション高かった気がする！」

宙から思いがけない援護を受けたエリは、さらに念を押した。

「ほら～！　宙君も言ってんだから、そうなんだよ！」

「そうか。そうなのか。楽しい、な。楽しい……」

翔は何かを確かめるようにボソッと呟いてから、続けた。

「なぁ？　楽しいって、英語でエンジョイだよな？」

エリは眉をひそめた。

「な、なんで急に英語なのよ。エンジョイは、エンジョイ。私は楽しいと思うよ」

「お前の感想なんか聞いてねえよ！」

「エンジョイは、楽しいって意味だよ！」

「だよな」

宙からの答えと照らし合わせた翔は、再び自らに堕ちていく。

「エンジョイは楽しい、ね。エンジョイエンジョイ、ノー、エンジョイ」

「なんか、うざ。好きな人に会って頭がおかしくなったのね」

エリはため息をついた。先生をこんなにも待ち遠しいと思ったことはなかった。高宮は登山で疲れている。翔はエンジョイとかなんとか、意味のわからないことをボソボソと言っている。まともに会話をしてくれるのは、宙だけだった。

「そういえばさ、みんな一度死んでみた？」

エリは夢から覚めるように、そっと目を開けた。ぼんやりと辺りを見渡す。夢と現実の狭間。エリは彼らを見た。だが高宮と翔も先ほどと変わった様子はない。

「夢か」

音がなくなった教室に、エリはほっと胸をなでおろした。

ゆっくりと声の元をたどると、そこには生気を灯した宙がいた。

「一度死んだりした？」

「はぁ？」

エリが宙に詰め寄る。

「あ、いやその……。死んだ？」

恥ずかしそうに振る舞うも、ワクワクとした気持ちがにじみ出ていた。

「なになになになに」

エリの首を振るスピードが加速していく。

「いきなりそれは怖いよ……」

言葉を失っていくエリにかまわず、淡々と続ける。

「あの部屋って永遠なんだよね。だからみんな、一度でも死んでみたのかなって」

「いやいや、死ぬって、あんた正気？　さすがに死ぬわけないでしょ」

「そうだよね」

宙はひきつった笑顔をみせた。

「永遠でも死ねるのかなって思って！　ごめん、気にしないで」

永遠に対する死。そこに自らの興味が重なった。宙がここでみせた最初の姿だった。ただ、彼女の常識という名の範疇ではなかった。

「いやいや、もうこの教室はカオス。先生いつ戻ってくんのよ〜。こいつらだけだとそろそろ耐えられない」

エリは髪をくしゃくしゃにして言った。しかし、彼女の悲劇は止むことを知らなかった。

「死んだよ」

小さな声が教室中に響き渡る。

「え、なになに？　なになに？　聞こえないー」

耳を塞ぎ、大きく首を振った。

「先生、死んだかも」

耳の中に閉じ込められた言葉は、さらにアップデートされていく。

エリは舌を強く鳴らし、宙を睨んだ。

宙は目を丸くし、慌てて手を左右に振る。

「先生、死んだかも」

再び聞こえてくる声。その声の正体を知るや否や、彼に対する容赦はなかった。

「まじ、殴るよ!? あと急にしゃべらないで!」

「高宮君、それってどういうこと?」

宙が訊いた。

教室に響き渡る言葉を、真実を歪めることなく理解しようとした。ただただ純粋に。物事に
ただ反応するかのように。

「どういうことっていうか」

高宮がもどかしそうに頭をかきながら、言った。

「自分が殺した――かな?」

「やめて」

エリの甲高い声が響く。

「もう意味わかんない!!　やめて、これ以上やめて!!」

地鳴りのような叫びが教室を揺らした。

先生を殺した。先生が殺された。先生が殺された?　死んだ、かもしれない。

ひどくひっそりとした想いは、声として昇華する前に消えた。


「先生を殺したの?」

「いや、殺してないか。殺してはないな!」

高宮は独り言のように呟く。

「じゃあなんで帰ってこないの?」
(バンッ)
エリは机を激しく叩いた。

「宙!　まじあんた、殴るよ!　帰ってこないのは」

高宮がボソッと発した〝先生を殺した〟という大きな衝撃は流れを断ち切った。

「ふざけんなっ!!　もうやめて!　やめてよ」

荒れ狂う瞬間が彼らを引き戻すように、宙は「ごめん」と小さく謝った。

「そうよ!　元はと言えば、あんたがいなくなるからいけないんでしょ!」

エリは消化不良のように溜まっていく不快感に、床を踏みつける。

「あんたがいなくなって先生が探しに行ったのよ！　あ～もう早く帰ってこないかなマジで」

「そうだよな！　そうなんだよ!!」

高宮はどこか確信に近づいたように声をあげた。

「もうなんなの？　殺したとか言ったら殺すよ」

エリはこぶしを握りしめる。

高宮は背筋が凍っていくのを肌で感じ取り、慌てふためいた。

「違う違う、自分は殺してない。ってかそもそもあんなところにいるのがおかしいんだ」

「あんなところ？　どっかで会ったの？」

「いたんだ！　たぶん」

「だから、どこに？」

「山に」

高宮はいたって真面目に答えた。

「うざいよ。登山に行ってんだから山だろ」

「そうだよな。あれは山なんだ。なんで山なんだ？」

高宮は再びあの不気味な山に迷いこんだ。そして、あの奇妙な体験をしたのは、もう一人いたことに気づいた。

「お前もあそこにいたよな⁉」

「あそこって？　山に？」

あの時、翔もまた山に迷い込んでいた。

「山っていうか、あの縁日みたいなところに」

翔は山での記憶を思い出すかのように「あぁ」と呟いた。

「縁日って何？　お祭りのこと？　うちは見なかったけど」

「いや、そうなんだよ。なんであそこで祭りが。いつからだ。やべえ、思い出せねえ」

頭を抱える高宮の横で、少しずつ翔の記憶が呼び起こされていく。

「……祭りが始まったのは、急に。急に、山に灯りが灯った」


それは、まるで、静かな澄んだ水面に、天から授かった生命が落ちるように。水面にゆっくりと波紋が広がっていくかのように、偶然、この世に、目の前に現れる。

エリと別れた高宮と翔は、一気に駆け下りようと意気込んでいた。宙に先を越されないようにと。だが、実際の山道、下り道は一歩踏み外せば転がり落ちてしまいそうな所がいくつも存在していた。そのため、二人の頭には〝歩いて行こう〟と共通の考えを打ち出していた。こんなところで怪我なんてしてしまったらと。ましてや、今にも暗闇に包まれてしまいそうな山中であるため。

だが、二人の足は止まらなかった。主な理由は二つ。

一つは、向かいの山に宙がいると、どことなく確信を得ていたから。

二つは、止まったら、すぐに闇の中へと消えてしまうから。

どちらかがスピードを緩めれば、相手の足を引っ張りかねない、そんな想いが二人には宿っていた。

山の麓へ下り切った時、二人の足がようやく止まった。

翔はほんの少し息を切らしていた程度だったが、高宮の消耗は激しかった。

立ち止まったのは、他に理由があった。

二人がたどり着いたところは、山と山に囲まれた麓。最初に全員が集められた場所と似通っていたが、それを確かめる隙間はすぐに埋められてしまった。

彼らを囲んでいる山々、四方八方と広がった山には、小さな灯りがポツポツと広がっていた。


「それで、先生とはどこで会ったの？」

エリが高宮に訊いた。

「先生と会ったというか、出会った？」

「出会った？」

「会ったというか、なんか見つけたって感じだったような」

エリはうっすら笑った。

「動物じゃないんだから」

「いやほんとに見つけたって感じだったんだよ」

高宮が再び深みへと潜っていく。

「はいはい。で、どこで見つけたのよ？」

「山で」

エリはスッと席を立ち、翔の後ろを通り過ぎた。

ボコッと鈍い音がした。

「いってー！！」

「殴るっていったよね？　約束だから」

「グーはだめだろ、グーは」

涙目で訴える高宮を背に、エリは何事もなかったように席に戻った。

翔が思慮深く冷静な雰囲気の中、言った。

「俺は、その、ロナウジーニョに」

再び鈍い音がした。

「〜〜〜〜」

翔の声にならない叫びが聞こえる。

「すねはダメ、すねは」

「まじで先生帰ってこないじゃん！　どうすんのよ！」

「どうするってなにが？」

高宮は顔をしかめながら訊く。

「なにがって、そりゃあ先生いないとさ。先生いないと」

「別に平気でしょ。また紙に書いて部屋に戻るだけだろ？」

教室から部屋へ

うすうすは気づいていた。

時計のない教室、変わらない景色。次第に時間を感じられなくなっていく。

ここで、帰ってくるかもわからない先生を、ひたすら——永遠に待つことなんてできはしない。

「紙に書いて部屋に戻るだけ……そんなんでいいのかな？　なんか怖い」

「何が怖いんだ？」

「何がって……。ほんとに部屋が変わるのかもわかんないし。また登山になったら嫌じゃん？」

「俺は登山でも全然いいぞ？」

三度鈍い音が響き、翔は足を抱えてうずくまった。エリが翔のすねを蹴り飛ばしたのだ。すると、高宮が言った。

「だったら、自分の部屋に来ない？？」

エリが顔を上げる。

遮るものはなく、高宮とまっすぐ目が合った。少しだけドキッとした。

「この前行ったから、今度は来ればいいじゃん！」

「なんであんたの部屋なんかに」

エリは小さく否定した。

「ってか、てめぇは勝手に入ってきたんだろうが！　勝手に変えんな！」

「減るもんじゃない」

エリが大きな音を立てて立ち上がる。

すぐさま臨戦態勢に移る高宮に、エリは深いため息をついた。

「なんでこうなるのかな。先生、なんで帰ってこないの？」

「帰ってこないもんは仕方ないだろ。俺が燃やした！」

鋭い視線に再び構えるが、もうすでにそこまでたどり着く力は残っていなかった。

「マジいやだ。不安だよ」

「だから、自分の部屋に来いって！」

高宮とエリのやりとりを傍観していた翔が口を開いた。

「だったら、俺は宙の部屋に行こうかな！」

「えっ⁉　僕の部屋に⁉」

「そうそう！　俺も怖いからさ！」

「うそつくんじゃねぇよ。全然怖がってないじゃん」

他人事のように楽しむ様子の翔に、エリは不快感を示した。

「まぁ今回だけは仕方ねぇんじゃねえか？　一回ぐらいいいだろ。そのうちみんな会わなくなるんだから。それこそ永遠に」

翔の提案に明確な反旗をあげる者はいなかった。

十回という期間限定の後、永遠が訪れる。各々の理想的な夢のような部屋で、一生ではなく永遠に生き続ける。今という非理想的な場所も、期間限定となれば、少しは恋しくもなるのだろう。

唯一エリだけは、ほんのわずかな可能性にすがったが、時とともにしぶしぶ受け入れることにした。四人は教室を後にした。


いつもとは異なる部屋。非理想的な世界。想像のできない未知への旅を前にして、翔はどこかワクワクとした雰囲気を醸し出していた。

部屋にやってきた翔に宙が言う。

「ごめん、少し散らかってる」

「ほんとに散らかってるな」

宙はそそくさと片付け始める。

「お前、これ何？　そういえば、小説書いてんだっけ？」

八畳ほどのフローリングの部屋。窓際に向かって据えられた机が一つだけある。翔はその上に置かれた紙束を見つけた。

「あ、わりぃ、ダメだったか」

宙は小さく首を振った。

「もう大丈夫」

翔は手に持った紙の束をぺらぺらとめくった。

「なんかすげえ文字が並んでるぜ。眠くなりそうだ」

部屋は早々に片付けられた。

散らかっていたのは、主に本だった。積み上げられた書籍がところどころで崩れ落ちていた。

「は～ぁ。あーねむ」

この部屋では小さな音も鮮明に聞こえる。何にも邪魔されることなく。翔は椅子に座って背もたれを倒していた。書きかけの物語が置いてある机に付随しているものだった。

「てか、お前って意外とロマンチストだよな」

翔は壁に飾られている絵を見て言った。

「月だろ？　それ」

宙は何も言わず頷く。

翔はそのいくつもの並べられた絵をつぶさに見て回った。

「お前さ、なんでいつも三日月なんだ？　着てる服もそうだし、三日月に思い出でもあんのか？　満月はないのか？」

宙は小さく首を振った。

「丸いモノって残酷だと思わない？　何物もすべて寄せ付けない、完璧な丸。入り込む隙もない丸」

宙の表情が次第に明るくなる。

「本って残酷だと思わない？　こっちが文句言っても、泣き叫んでも、無視して先に進んでしまう。僕らの口を閉ざすんだ」

恥ずかしそうにしぼんでいく宙の姿に、翔は笑みをこぼした。

「宙は、小説家になるのか？」

「うん。なりたいなって思ってた」

「ってか、この部屋ならなれるじゃん！　永遠だし」

宙は翔の言葉をそっとなでる。ただただ、それを見つめたまま動かなかった。

翔はその気持ちを推し量るように、優しく触れる。

「なんかさ、俺も少し迷ってんだ」

宙は驚いた様子で翔を見る。

翔は椅子に腰をかけ、外の景色を眺めた。

「いや、俺はさ、ずっと世界一のサッカー選手になるって、小さい頃から想い続けてきたんだ」

「うん」

「でも、自分の部屋で世界一になった。世界一になれた。望んでたことが叶ったんだ」

「うん」

「でも、あまり実感がなかった。なんか求めてたものと少し違ってたけど、でももしかしたら、それを求めていたのかなって思うと、むなしくなってね」

外はまだ明るい。あの部屋の延長みたいだ。

太陽はどこかで登っている。毎日、毎日。一日、一日を永遠と、文句も言わず昇り続けているのだろう。そしてここでは、沈んでくれるのだろう。

「僕は、小説家になるのはやめようかなって思っているんだ」

「えっそうなのか？　なんで？　小説書いてるじゃん！」

翔は椅子を回転させて、宙と正面に向き合った。

宙は静かに言葉を選んで話し始める。

「今はまだ書いてる。書いてるけど、あまり先が見えないんだ。少しずつ前が見えなくなるんだ。すべてがなくなりそうで」

翔はそれ以上、何かを問い詰めることはしなかった。痛いほど、もどかしいほどに、その気持ちを理解できてしまったから。

「なんでなんだろうな。これを求めてたのに、なんで手にしたら消えるんだろ。なんであんなにキラキラしてんだろ」

「幻想だよ。すべては幻想なんだ。現実は、今ここに生きているだけ」

透き通る沈黙が続く。互いが互いを見ているようで見えていない。その間の無限に広がる空間を見つめるように。ゆらゆらと背景に溶けていく。

「………」

「ってか、なんでこんなしみったれた感じになってんだ‼　せっかく別の世界に来たのに、何も味わってねぇ‼　外に出るぞ、外に‼」

翔はそう言って勢いよく椅子から立ち上がると、手当たり次第ドアを開け、出口を探し始めた。

「え、あっ、ちょっとまって!!」

宙は翔を見失うまいと必死に追いかける。

仮の世界だからといっても、その図々しさには舌を巻いた。


「まっぶしー!!　いい天気だ!!」

家から出た翔は、全身を天にも届かせんばかりに伸びをした。

「いや〜、最高だな〜」

二人がいた家は、広々とした芝生の前庭をもつ、西洋風の家が立ち並ぶ静かな住宅街にあった。

千鳥に敷かれた飛び石、その周りに鮮やかな絨毯。青々と茂った芝生が気持ち良さそうに横になっている。

庭先の柵を越え、しばらくの間、翔はその街並みに心を奪われていた。

「すげぇな。お前こんなところに住んでんのかよ」

翔は「なぁ?」と振り返ったが、そこに望んだ姿はなかった。

宙は開け放たれた玄関の奥に立ち尽くしていた。

「お〜い、何してんだ、早くしろよ!」

やけにこの周辺は声が通る。

宙はもたつきながら出てきた。

「お前、遅えよ。そんなに家にこもっていたいのかよ」

宙は向けられた言葉を強くはねのけるように、ギッと睨んだ。

「お、お前、変な恰好してんな。なんだよその下駄みたいなやつ」

ケラケラと笑う翔の元へズンズンと距離をつめ、すねを蹴飛ばすと目の前で翔が崩れ落ちた。

「いってぇ！！！」

やけにこの周辺は声が通る。


「なあ、ここって、なんかないのか？　グラウンドとかあってくれたらいいけど、せめてショッピングセンターとかないのか？」

二人は家から離れるように歩いていた。ふだんの日常とさほど変わらないこの場所で、何か面白いものでも、何か珍しいものでもないのかと。

「うん、この近くにはないかな。たぶん、少し歩けばあると思うけど」

宙が「ほら」と指した方向から、一台の自転車がやってくる。自転車の前と後ろに設置されたカゴの中には、はち切れんばかりの買い物袋が入っている。

もうすでに元いた家は見えない。

通って来た道も進む道も横にそれる道も、どこもかしこも先を見通すことはできなかった。必ずどこかの建物にぶち当たる。道はほんの少しずつ、一定に曲がり続けている。


「そういえば」

宙は何かを思い出すように訊いた。

「翔君って一度死んだりした？」

「はっ？　死ぬ？？　なんでよ、死ぬわけないじゃん！」

「あっそうなんだ」

宙はちょっとがっかりしたように背中を丸めた。

「てっきり何回か死んでるのかな～って思った！」

翔は大きくかぶりを振った。

宙は腕を組む。

「翔君って、耳とかいい？」

「耳？　まぁそれなりに」

宙がそれを聞いて息を吹き返し始める。

「この音、なーんだっ？」

「音？　何が？」

「後ろから何が来るか当てようゲーム～」

翔は冷ややかに笑い宙を見たが、彼はすでに目を閉じていた。

二人は立ち止まり、耳を澄ませる。

（ブロロロロ）

聞き覚えのある音に翔は鼻で笑った。

「こんなの、ただのトラックだろ」

そう言って目を開けようとしたところを宙が制し、

「トラックの大きさは？」

と間髪を容れずに訊いた。

「大きさ……」

翔は神経をとがらせるように目をつむる。

近づく音をたよりに、うんうんと確信へ近づいていく。

「これは。これは、配達のどでかいトラックだろっ！」

どうだと言わんばかりに横を向く。しかし、そこには誰もいなかった。

「正解っ!!」

視線を上げたところに、笑って手を振る宙がいた。

翔の目に映る静止画には、もう一つ。大型のトラックが猛スピードで――。

「お……おい」

（キーーーーー！！！）

トラックの鋭いブレーキ音とともに、カランカランと履物が転がった。

翔の目は泳ぎ、揺らぎ、その場に崩れ落ちた。

宙は、消えていた。


トラックの中から慌てて男が出てきた。周りを気にしながら、周辺に散らばったものを回収した。通行人などはなく、時は再び何事もなかったかのように動き出した。唯一、変化という変化を示したのは、横たわる翔だけだった。


しばらくして、意識を取り戻した翔はゆっくり立ち上がり、歩き出した。

「お前さ、さっきのなんなんだ？　どうやったんだよ」

宙が横に並んだ気配を察し、話しかけた。

「えっ？　別に何もしてないよ」

「何もしてないわけないだろ」

翔はそう言って振り返ると同時に、すっとんきょうな声を発した。

「だ、だ、だれだ‼　だれだ、お前」

「だれって、僕だよ、宙」

「いやいやいや」

翔は目をこすり、確かめるように見た。

彼の前にはっきりと姿を現したのは、中年の男だった。か弱く映っていた宙とは異なり、年相応の身なり、肌感、雰囲気がにじみ出ていた。

「お前、誰だよ、誰だっ‼」

翔はその男から距離をとった。

「宙です」

「違う」

「教室で偶然出会った宙です」

翔は教室という単語に反応し、

「お前……」

と表情を変えた。

たしかな手応えを得た者は柔らかく頷いた。

「のぞいてたのか？」

「違うっ‼」

その男は、先生、エリ、高宮、教室での薄い記憶、みんなで同じ部屋を望んだことをつらつらと並べた。そして、先生がいなくなったことを少し興奮しながら話した。

強引にも入り込んでくる言葉に、血の気がひいていく。

「お前、ほんとに宙なのか……」

〝知らない〟中年の男を目の前に、翔は頭の収拾がつかずにいる。

「な、なんで、どうして……」

「翔君も知ってるでしょ?」

宙を名乗る男は、迷子になっている翔に手を差し伸べた。

「世界一になったんだから」


「じゃあ宙は死んだのか?　本当に死んだの??」

「死んだよ~。宙は死んだ!　だから、他の人に移り変わったってこと!」

「理解に苦しむ」

「なんでよ!　だって、翔君も高宮君も言ってたじゃん!　いつも死に物狂いだって!　生きるか死ぬかの瀬戸際にいるって言ってたじゃん!」

「言った、言ったけど……本当に死ぬことはないだろ」

生きるか死ぬかの戦い、各々の戦場。その場をどこまで生死をかける戦場とするか、背水の陣をどれだけ敷くことができるか。この時代の強さとは、目指すべき場所にある相応の自覚と覚悟、責任を肌で感じられるかだ。型にはまった役を演じるために、〝自ら〟という殻を破り戦う気概が必要になる。

だが、死ぬことが〝できる〟としたら話は別だ。

そこはもう背水の陣などではなく、ただの選択肢として現れてしまう。

ただあくまでも、永遠の中では。それは彼も承知していた。

「もちろん、現実では死なないよ。だって本当に終わっちゃうんだから」

当たり前だといった反応を見せる翔に、男はゆっくり頷く。

「だけど、ここは永遠だよ？　永遠なら、死んでも平気ってことでしょ？　むしろ死に物狂いだって、いくら瀬戸際を歩いたって何も怖くない。理想的な場所じゃんっ！　宙はただの被り物」

翔は割り切れない想いに身体をゆすった。

そして、一つの答えにたどり着く。

「プライドが死ぬ」

首をかしげる男をじっと見つめる。

乱れていた息を一呼吸で整えた。

「全身全霊、すべてを使って戦う。大勢の前で戦う。だから、負けるとプライドがズタズタに引き裂かれる。そうだ、だから俺は勝つことだけを求めた。応援してくれる人たちのプライドも背負ってんだ。だから、俺は負けらんねぇ」

「そう。でも、何度も立ち直れるのは、死ぬとは解釈が異なるね」

翔の目つきが鋭くなる。男は続けた。

「翔君は、なんでサッカーやってるの？　みんなのプライドを守るため？　そしたら、応援してくれる人たちは、好きで楽しみたくて試合を見に来てるんじゃなくて、自分のプライドを守る、いや相手のプライドを折るために来ているんだね？」

「お前に何がわかんだよ」

「わかんないよ、何も。だから聞いてるんだよ。ここは永遠だよ？」

「だからなんだよ」

「永遠に繰り返すの？　永遠にプライドを守るの？」

跳ね返すことを躊躇した言葉は、胸の中へと吸い込まれていった。

世界一を目指し続けた先に。プライドを守り続けた先に。

永遠という現実が胸に穴をあけた。すべてをのみ込まんとするブラックホールのように。

「ねぇねぇ。このチャリどこにあったの？」

「あ？　そこらへんにあった」

翔はチラチラと後ろの方をさした。

「え、盗人じゃん。ダメだよ、人の盗んだら」

「別にいいだろ、どうせこの部屋から出るんだし」

「それとこれは別！」

翔はふんっと鼻を鳴らす。

「そんなこと言って、お前も普通に乗ってんじゃねえか」

「い、いやそれは……」

「それはなんだ？　言ってみろ」

二人は自転車に乗り、走っていた。男が公衆トイレに行っている間、翔がそこらへんで拾ってきたのだ。戻ってきた時には、自然とそこにあった。何の違和感もなく言われた通り翔の後ろにまたがった。初めての二人乗りだった。流れるように乗れたのは、日常でよく見かける光景であったから。それが意に反していると気づいたのは、走り出してスピードに乗ってからだった。

「それは」

と言いかけて息をのむ。

「走ってるときに飛び降りるのは危ないから」

男が絞り出した最善だった。

「何が危ないだ。さっきトラックに飛び込んだろ」

ただ、最善がいつも最善であるとは限らないのが、この世界の面白さなのかもしれない。

「それとこれは違う」

「へーへー。じゃあ降りるか?」

判断を迫られた男は、翔の肩をギュッと固めた。それがせめてもの意思表示となった。


「ってか、さっきから少し思ってたんだけどさ、なんか話し声とかしないよな?」

市松模様に敷かれた石畳の上を数人が歩いている。

「なんでこんなにシンッとしてんだ?　人は増えた感じするけど、会話は一切ない気がする!

音がない!　あとなんか」

「会話ってする必要あるのかな」

街に違和感を覚えた翔に男は言った。しかし、風が邪魔をした。

「はぁ!?　なに、聞こえなかったんだけど」

男は前かがみになり、耳元でもう一度言った。

「だから、会話って必要あるのかな⁉」

「会話が必要って当たり前じゃないのか？」

「え？　いまなんて？？」

翔はほんの少しブレーキをかけ、ペダルから足を外した。

「だから、会話は必要だって」

風の隙間から聞こえてきた声に柔らかく触れた。


「やっぱ、会話ないほうが気持ち良く過ごせると思うけど、みんな！」

「つまんなくない？　なんも、ないし？」

「それに慣れればいいんじゃないかな。だって……」

男の声が途中で切れた。風は一定の方向に吹き続けている。

「聞こえねえって！　なに⁉」

翔は流れゆく声を拾おうと重心を下げた。

「会話って何だろうね！」

「会話は会話だろ！　お前ときどき意味わかんねぇこと話すよな！」

「そうかな」

「えっ??」

「それが普通だと思うんだけど」

男は重心を前に傾け、ささやいた。

「普通ってなんだろうね」

たまに、強い風が吹く。二人は口を閉じる。風が通りすぎると再び口を開き、耳を傾けた。

そのタイミングも呼応するように、重なりつつあった。


「世界は欠けている。でも人は丸を求める」

「ま〜た知らねえ話を」

翔は言葉を風に流した。

「まぁでもなんか意外とお前も話すんだな」

流れ去る声をつかみ損なった。風は一定を保ち続けている。

「お前ってなんかそれこそ根暗だって思ってたから、意外としゃべりかければ話すんだなって!」

「根暗って」

何かの期待とは裏腹に、良く聞こえてしまった。男はつかんでいた肩からさりげなく手を外した。翔は何事かと後ろを振り返ろうとした。

「あひっ」

奇妙な叫喚とともに、自転車は大きくよろめいた。

「翔君はなかなかひどいこと言うねっ」

「あっ！！　おいっ‼　や、やめろ‼　やめろ、おい‼　くすぐんなっ！！　だめ、弱いの」

翔の訴えはおかまいなしに、男の手は肩から背を通り、脇腹へと移動していた。

「へっへ。前見ないとぶつかるよ～！」

「お前っ！　まじあぶねえ‼」

さびれた金属が厚くこすれ、ギィーと音を立てた。

何事かと辺りは一時騒然となった。

「お前まじやめろよな。まじで事故起こすとこだったぞ」

「なんでなんで！　僕がくすぐらなきゃ、君はその信号を無視してるところだったんだよ？

僕のおかげじゃんっ！」

にゅっと出てきた男の腕がすぐ上の信号をさす。翔は少しだけ身を引いた。

信号は赤を示していた。

「あのなぁ」と翔はあきれるようにため息をついた。

「こんなほんの数メートルしかない一車線の信号なんか平気だろ！　ガキじゃねえんだし。ちょっと見れば車ぐらい気づけるっつうの」

「ダメだよ！　信号は守らなきゃ」

「だからー、車一台も通ってないだろ。いいんだよ、こんくらい。ってかみんな通ってんじゃねぇか！　普通なんだよ普通！　お前、ふだん家にこもってっからわかんねぇんだよ」

翔はそう言うと片足をペダルに乗せ、態勢を整えた。

しかし、後ろに乗っている男が気づかないはずもなく、脇腹をえぐられた。

「あひっ」


「なにが普通なんだろうね？　どうおもう？？」

「あ？　だから言ってんだろ？　みんな」

翔が抱いたいら立ちは、どこにもたどり着くことなくさまよった。男の意識は別の方向へと向けられている。

「このお兄ちゃんいけないよね～。信号は守らないとね～」

「お前誰に、って誰だよこいつら。ってか、誰が誰に声かけてんだよっ」

「あっ！　こいつって言うんだ。かわいそうに」

隣には小学生くらいの二人の兄弟が立っていた。彼らもまた赤信号を待っている。

その横を、一人、また一人と通りすぎていく。

「知らないやつに話しかけんなって。会話嫌いなんだろ？　なんで話しかけんだよ」

「会話が必要って言ってた人に言われたくないよね〜？」

あたかもその兄弟に話しかけるかのように言葉を流した。

男の足がふわっと浮いた。翔がペダルの上に立ち力強く半回転させる。

（ガシャン）

大きな音とともに、自転車が勢いよく横に倒れた。

「痛ってー！！」

翔は仰向けになり転がった。

男は身の危険を感じ、自転車からとっさに降りて座っていた荷台をつかんだ。勢いに持って行かれることなく、意外とそこまでギリギリではなかった自分に少し驚いた。自らの腕をつかんでみる。身がぎっしり詰まっていた。

翔は通りすぎる大人たちの視線に、バツが悪そうに立ち上がった。男は自転車を起き上がらせ、横断歩道の手前に戻っていた。翔は舌を鳴らし、それにまたがった。

「僕たちもそのうちわかるようになるよ！　もう少し成長して大人になったら、何が危ないか、何が危なくないかぐらい自然と身につくから。臨機応変に、効率良く生きることが大事だぞ！こんな固いやつにはなるなよっ！」

「あぁ！　悪い大人だっ！　ここに悪い大人がいるぞー！　こんな大人になっちゃいけないよ！」

冷ややかな笑みを向ける翔の目の前を男の腕が横切る。

「信号が青になりましたー！」

翔は消化できずにいた感情をペダルに乗せる。時を置かずして移り変わる景色に、なんとかしがみつこうとした。

「翔君はいいやつだから」

「どうでもいい」

「どうでもいいなんて、恥ずかしいんでしょ！」

「てめぇ降ろすぞ……」

翔は後ろを振り返る。

「ん？　なに？」

「あ、いや、なんでもない」

「なになに。あっ！」

視線の先に、どこか違和感を覚える〝ドア〟がそこにはあった。

「あぁ、もうそんな時間なのか」

二人は自転車から降りた。翔が〝ドア〟を開け、チラッと男を見た。

「……やっぱ慣れねぇな」


「先生――!!」

地鳴りのような声が鳴り響く。

「な、なんだ、エリさんじゃないですか」

「なんで、いつ帰ってきたのよ!! まじで心配したんだからね!」

教室の入り口から足音がドスドスと近づいてくる。

それをなんとか鎮めようと、先生は制止するように両手を前に突き出す。

「さっき帰りました。入ったらみんないなかったので、まだ帰ってないのかなって」

エリはいやいやとその手を払いのけ、先生に詰め寄った。

「うちらもう一回戻ってきたの! それで、先生が帰ってこないから……」

はっきりと形になっていく想いに、エリは目を潤ませた。

「まじ、死んだのかと思ったよ」

先生はうつむく彼女にそっと寄り添った。

「ごめんなさい」

エリは何かを振り払うように首を振り、今にも消えそうな声を絞り出した。

「わかんないよ。先生がいないと、何もわかんない」

再会

行き場を失っていく感情は、自身の内に留まるようにして色を変えていく。

「そういえば、ベランダの人がいなくなった」

「ベランダの人？　下にいた人ですか？」

先生は身体を反転させると同時に、背中を強く押された。

「そう！　ほら、そっち！」

二つの空間を隔てる窓ガラスに、二人の影がうっすらと映った。

先生が先に降り立ち、その後に続いてエリも敷居をまたいだ。

エリは「ほらほら、先生」と言いながら、はしゃぐように下をのぞき込む。

「ね、誰もいない……って、いる〜〜〜！！！」

（ヴォーーーーーー）

下からけたたましい声が反響してきた。

「いやーーー!!」

エリは慌ててベランダを飛び出した。

(ガシャン)

強く閉められたドアは、勢い余った反動でほんの少し開いてしまった。

先生もエリの後を追うように、中へ入った。

エリは部屋の隅にいた。ベランダを抜け出し、一心不乱に少しでも遠くへと。あの記憶から逃げるように。壁に身体を押し付けるようにして、縮こまっていた。


「ほんと、ほんとなんだって!! ほんとに誰もいなかったの!!」

涙ながら訴えかけるエリの横に先生が腰を下ろした。

「たまにいなくなることがあるんです! 私もその光景を見たことがあります」

「えっ!? そうなの??」

優しく頷いた先生のその表情は、うそ偽りのない反応に思えた。

相手を騙そうとするようなニヤけた顔や、愛想良く振る舞うものの、人をモノとしてしか考えていない輩。そんなやつらに見られるような雰囲気は、先生には微塵も感じられなかった。

そのため、エリもまた、ありのままを受け取り、素直に落ち込んだ。

「またそのうち戻ってくるのね」

「はいっ」

先生は嬉しそうに答えた。

「あ、そ、まぁいいわ。開けなきゃいいだけね」

エリは力強くベランダを指し示し、席に戻った。開けたらどうなるか、と。


「そういえば先生どこ行ってたのよ？」

「どことは⁉」

「だから、登山中にいなくなったでしょ！　宙君を探しに行って」

「あぁ、そうですね」

「そうですねって。宙君は一番早く戻ってきてたのよ！　うちが戻ってきたときには、もういたんだから」

「そうなんですね！」

エリは当時の感情を思い出し、机を叩いて抗議した。

「それだから、宙君を探しに行った先生が帰ってこないって騒ぎになったの‼　どこにいたのよ！」

エリは複雑な思いを抱えていた。

先生が教室にいなかったことに対して、待つ瞬間が延びるたびに不安が増していく私に、謝ってほしかった。いつまでも帰ってくる気配のない、この不気味な教室、欠けてはならない当たり前の先生がいなかったこと、今まで一度もなかった。ただ、先生は宙の身を心配し、最後まで探してくれていた。それも間違ってはいない。もどかしさのあまり、チグハグしてしまう自らに腹を立てた。ただやはり、それでも〝私たち〟に心配をかけたのは謝ってほしかった。たとえ、理不尽だと言われようとも。


「まじ死んだんじゃないかって話になったのよ」

「私が死んだんですか？」

「そうよ！　先生が死んだの！」

高宮が殺したから。高宮が山で先生を殺した。燃やした。

登山後に帰ってきた彼は異常だった。最初は、自らの余計な一言が彼を黙らせたと思っていた。しかし、いつになっても会話に入ってこない。

翔が気にかけても、反応が薄かった。その時から疑念が生まれ始めた。そして、それが姿を現した。

高宮が先生を殺した、と。

ただ、ここに先生がいることが何よりも救いだった。結果として、殺してはいなかった。エリとは反対に、先生は少し興奮気味だった。

「山中で高宮君と会ってね！　そうそう！　それで山が燃えて、そこに宙君が残っていたらと思ったんです」

「そういうことね。それで帰ってこなかったのね。よく死ななかったね」

エリは思いがけない先生の陽気な反応は気に触ったが、それでも先生が生きていたこと、それが大きく上回った。

「ほんとですね。でも宙君がいるかもって思ったら、先生として、いてもたってもいられなくて」

「残念ね、先に帰ってたわ」

エリはすねるように視線を外した。

外の景色は何一つ変わらず、いつものようにただそこにあった。


「そういえば、エリさんだけ早いですね」

先生は言った。

エリは先生の質問に首をかしげる。

「帰ってくるの、早いですね」

先生がとんとんと教室を指す。それが合図となり、徐々にエリの思考が開いていく。

「あっ‼　そうそう‼　先生、聞いてよ‼」

忽然と降りだした雨が鉄砲水のごとく、言葉が流れ出した。

「何かあったのですか？」

「そうなのよ、今回高宮の部屋に行ったの」

「ほう？　それはなぜ？」

「なぜって……。先生のせいよ！　あんたが帰ってこないから」

「あ、はい」

先生はエリの怒りに逆らうことはせず、流れに身を任せた。

「先生がいないのがめっちゃ不気味で、ひとりで部屋に戻るのが怖くて」

当時の恐れ、悲しみ、それらの元凶となった者への怒り。弱々しくも、鋭く喉元へ突きつけられる言葉は、先生にとって少しだけ心地がよかった。

「それで高宮君の部屋に」

「そう、仕方なくね‼」

先生は受け止めてくれる。理解をしようとしてくれる。笑ってくれる。

いつしかその優しさがすべてを包み込んでくれると、待ち望んでいたのかもしれない。

窓の外を眺めた。小さく口を開く。

「なんかさ、あいつの部屋、なんかよくわかんないんだよね」

「と言いますと?」

「なんかゲームしながら、パソコンいじってたり?」

「ゲームしながらパソコンですか?」

先生は反復するように訊き返す。

エリは困ったように笑った。

「まぁうちも一緒にゲームしてたんだけど、なんかそのうち電話がきたって言って、どっか行っちゃったの」

どこかやるせない、胸の中に消化しきれない、ほんの小さな違和感。握りつぶそうとしても、ただ小さくなるだけ。転々と身体の中を浮遊している。

「なんか前にうちの部屋に来た時、まぁ来たっていうか勝手に入ってきた時。その時もなんかパソコン、カタカタしてたなって」

エリはそれが何なのか、あてになりそうな記憶をたどった。

「そう、あの時は仕事してた!」

「なるほど、仕事ですか」

先生は状況の理解に努めた。

「そう! それでなんで仕事してんのって、言った気がする!」

「それはなぜですか?」

「だって、何でも望めるのに、仕事するって意味わかんなくない？　仕事だよ？　しない方が楽じゃん！」

「そうですね、たしかに」

エリはホッと息をつく。一瞬覚えた不快感もすぐさま吹き飛び、快感へと生まれ変わった。

「だから、そんなことやっても意味なくないって言ったの！　そしたら」

「なるほど」

と言って先生はエリの流れ出る言葉をせき止めた。

ゆっくりと時が歩む。

「意味、ないですか」

「いや、だって仕事だよ？　なんで仕事なのよ。あんなのただ仕方なくやってることでしょ？誰だってできるなら仕事なんてしたくないはず」

せき止められた言葉たちが次々と後ろから押し寄せ、湧き上がってくる。またその障壁をも乗り越えようとしていた。

「この世に意味あるものって存在するんですかね」

「意味あるもの？　いやそんなこと急に言われても」

エリは戸惑いを見せる。

「何かに意味がないって言ったら、この世のすべての意味がなくなります」

「いや、だからわかんない。うちに難しい話しないでよ……」

エリは先生から目をそらせずにいた。

湧き水のようにあふれかえる勢いも、小さな小石にぶつかり、か細い小川へと分かれていく。そして、いつかは蒸発してしまう。


エリは机にひじをついて、外を眺めた。

どれくらい経ったのかもわからない。どこかで日が昇り続けているのだろうか。その静止画に先生の姿が映り込んだ。


「高宮君が今望んでいるもの。おそらく成長なのでしょう」

「成長？」

とエリが訊き返す。

「でも、この世界では成長した先に、限界の先すら望める。望んだものを手に入れた時、次の何かを望まなければならない。その場にじっと居続けることができない」

「だから、そういうのわかんない」

先生はゆっくりと振り返った。

「高宮君は、今大事な時期を迎えています。高宮君は今、苦しんでいます」

先生は、再び窓の外へと向いた。

「すべてが叶ってしまう世の中だから」

望んだものは望んだだけ手に入る。願ったものを、必ず叶えることができる。それが宝くじ以上、むしろ何かと比較することすら不要なくらい。最高位に佇む王のお膝元のようなものだ。その唯一無二を前にして、苦しんでいる。

「高宮君が本当に欲しているものは何だと思いますか？　望んでいる世界は？」

「え、なんだろう？」

エリは空になった彼の席を見つめた。

「なんか前に大企業の社長？　とか大富豪だっけ？　そんなの望んでた気がする！」

「じゃあ」

先生は間髪容れずに言った。

「そこにたどり着けたら、彼は次に何を望むのでしょうか？」

たどり着けたら、何を望むのだろうか。何を願うのだろうか。最上級の望みが叶ってしまったのなら、次は。その次は。その次、その次は。

いつかは、死を望むのだろうか。


「エリさんは何を望んでいますか？」

「えっ、ちょっと話変えないでよ！」

「エリさんは、何を望んでいますか？」

「何をって」

エリは自らが求めていたものを思い出そうとしたが、高宮くらいに言えるほどの願いはなく、口をつぐんだ。

「たしか、イケメンをなんて」

「やめて！　それは前の話だから」

エリは左手で制するように圧をかけた。

「そう！　今は内面に惹かれてるのよ！」

「内面に？　誰かいい人は見つかったんですか？」

「そうよ！　いい人っていうか、なんだろう！　ともかく見つかったの！」

先生は感心するように頷いた。

「ではその人と永遠にそこで暮らすのですか？」

「そうね！　永遠かはわかんないけど、しばらくは一緒にいると思う」

きたものをとことん跳ね返した。何かを手にし、じっと眺める。味わうように沈潜を試みるが、それもつかの間、次々と何かが飛んでくるような気がした。

「最終的にその世界を望んだら、それが永遠ですよ?」

「う~うるさいっ!　わかってるわよ!　たぶん大丈夫」

機嫌を損ねたエリを見て、先生は静かに尋ねた。

「望んでいる方とは、もう一緒に暮らしているのですか?」

「まだっ!」

エリは吐き捨てるように言った。

先生はニコッと笑った。

「そうですか。では今後が楽しみですね!」

先生のその笑顔に少し安心をした。ずっと長い間見ることができなかった、近くで感じることのできなかった、そのいつもの笑顔、先生の優しい声。やっと出会えた今を、永遠に。エリはそう思えた。

「あっ!　先生いるじゃん!」

名を呼ばれた者は声のもとをたどった。

「みなさん、おかえりなさい」

翔に続いて、宙と高宮も入って来た。

四人が再び教室にそろった。

翔がニヤニヤしながら、後ろを振り返り、高宮に言う。

「あ～良かったな。お前が殺したんじゃなくて」

高宮は少し顔を持ち上げ、先生を見つけるとすぐに目をそらした。

「ご心配をかけてすみません！　元気に生きてます！」

先生は膨れ上がることのない力こぶを披露して、場を和ませようと尽力した。

その様子をソワソワと待ち望んでいた者は、畳みかけるように言い放つ。

「こいつずっとそこにいたんだぜ？　中に入れなくて、オドオドしてやがった」

ゲラゲラと笑う翔に、高宮は「お前ふざけんなよ」と小さく抵抗するのが精一杯だった。

先生は相も変わらず、優しく見守ってくれていた。

成れの果て

全員そろったところで先生が話し始めた。

「みなさん、ご心配をおかけしました。でも、なんともなくいつもと変わらずです！」

「ほんとだよ～！　よかった～！」

エリは改めて息をついた。

「みなさんはどなたの部屋にいたのですか⁉」

最初に応えたのは翔だった。

「俺は、宙の部屋に行ってた！　ってか、なんで知ってんの？」

「あ、先ほどエリさんが高宮君の部屋にと言っていたので、もしかしたらと思いまして」

そういうことねと、納得する。

「それで、宙君の部屋はどうでしたか？　一緒にサッカーでもしたのですか？」

わざとらしく真面目に聞いてくる先生を、翔は軽くあしらった。

「普通に一緒にいただけ。あ、でもまぁ、グラウンドは探しに出かけたけどな」

宙は驚いたように翔を見た。

「どうでしたか？　宙君の部屋は。たしか、えーと本に囲まれた部屋でしたか？　書斎のようなところですかね？」

「まぁ本はたくさんあったかな。こいつも小説書いていたしな」

翔は息をつくように背もたれに寄り掛かる。

先生は尊敬のまなざしを宙へ向けた。

「そうなんですね！　すごい」

当の宙は、謙遜するように控えめに頭を下げた。

「まぁ、見られるの嫌そうだったけどな」

翔の言葉を咀嚼するように、先生は二度、三度頷いた。

「宙君、やっぱ見られたくないですよね⁉　なんか気持ち、裸を見られているような感じもしそうです！」

問われた宙は、しぶしぶ「はい」と応えた。「その通りです！」と言うには程遠く、だがそんな感じもしなくはない、そんな返答だった。

「なんで裸なんだよ？　別に見られても減るもんじゃねえだろ！」

翔が訊いた。

「だって、自分ですべて、世界を作ってるんですから！」

先生が宙の代わりに答えた。

「だからってそんな裸を見られるぐらい恥ずかしいのか？」

「そうですよー！　すべて打ち明けるみたいなもので、表現することって、いつだって犠牲をともないます」

先生は珍しく意地を通した。

たいていは何かと抵抗するだけで、すぐに平行線へと持っていこうとしていたが、今回だけは説得を試みた。

「よくわかんねぇけど、そうなのか？」

翔は宙の方を見た。

宙は変わらず小さく頭を下げるだけだった。

「ほら違うってよ！」

「いやいや、まだ否定はされてません！　ねぇ？」

と取り入ろうとするが、宙の返事はなく、同意を求める声はむなしく消えていった。

「そういえば翔君、意外と宙君の部屋にはいたんですね？　けっこう長くいたんじゃないですか？」

「そうだな〜。意外といたような感じもするな！　何やってたっけ」

翔は思い出そうと無意識に宙を見た。

二人は見つめ合ってピクリとも動かない。

「もう忘れたんですか」

と先生が横やりを入れた。

「うるせぇ！　えっと、あぁそうだ！　チャリで遠出した！　そうそう、思い出した！」

「チャリで遠出ですか⁉」

「いやそれが。そうなんだよ！　こいつまじいかれてる！　まじでこいつはヤバイ‼」

「やめてよ、そんなに変な部屋じゃないし！」

うろたえる宙を、翔は寄せ付けなかった。彼をじっと見つめる。

「いやいやお前な、そんな顔で見られても。いやいや、お前、やばいのは変わらないぞ」

「何かあったんですか？」

先生の問いかけに翔は、

「なんでもねぇ」

と答えるだけだった。

「そこまで言って、なんでもないとは、そんなのないですよ。ねぇ、高宮君？」

先生はとんとん、と机を叩く。

高宮は小さく反応は示したものの、嫌な顔一つせず再び虚空に落ちた。翔は部屋での記憶を呼び戻すように、首を大きく振って言った。

「いや、こいつまじ、自殺しやがった」

この教室に時計があったのなら、カチカチと、よく聞こえたことだろう。だが、あいにくここには存在しない。音をもたらすのは、そこに生まれた生命だけ。

カタッとペンが置かれる。それを合図に息を吹き返す。

「じ、自殺？」

教室には似つかわしくないものが飛び交った。

そこに湧き上がる様相、自身とのギャップがないことを確認した翔は、いたって冷静に続けた。

「まじ意味わかんねぇだろ？　そんで『翔君も死んだ？』って聞くんだぜ！　いかれてんぞ、こいつっ！」

「宙君っ!!　君は何をやっているんだ！　自殺って」

通常の学校としての教室ならば、ここは素直に謝るというところなのだろう。先生が〃いけない〃と判断したものは、たいてい覆ることはない。逆らったりなどしたならば、放課後、校内放送にて職員室に呼び出されることになる。教師は当たり前という基準に寄り掛かることで、生徒たちの評価をくだしていく。決めなければならない立場にあるからこそ、たしかな形は身を守ってくれる。

ただ、ここは違う。永遠という世界の中では、多くの当たり前とされていること、多くの解釈がほぼすべて意味を持たなくなるのだ。

一切の形を持たない。何かに寄り掛かろうとしても、浮遊しているがために、不安定だ。だからこそ、誰もが自由を謳歌できる。危うい道の先には、一人の人間が立っている。ただそれも、自殺という自らを断つ行為は、自由をも破壊してしまう強烈なものでもある。温厚な先生がたじろいだのも無理はなかった。

宙は自身が思った以上に他人からの抵抗があったことに、驚きを隠せなかった。

「みんな死に物狂いだって言ってたから、生きるか死ぬかってどんな感じなんだろうって。どうかしてるだろ?」

「いやいや、翔君。君が正しい!」

白と黒、グレーなども存在し始め、ここではすべてが無色となる。その中で、先生は白と黒だというように、意志を示した。

「だろっ‼　こいつまじでヤバいんだよ‼」

「そうかな……」

照れ笑いを浮かべる宙に「そうだよっ」と息をピッタリ合わせた。

「いや〜いきなり。それで自転車でどこか行ったんですか？　その、自殺後……」

翔は記憶と突き合わせるように頭を動かした。

「で、どこに行ったというか、何もなかったからチャリで走ったって感じかな」

先生は相槌を打つ。続けて翔が話す。

「人は何人かいたんだけど、誰も何も話してないんだ。会話がなかった！　だからチャリで遠くにいった！」

翔はあったこと、体験したこと、見たこと感じたこと。箇条書きに並べた。

「宙君は、静かな部屋、町が好きなんですか？」

「そうですね。はい！」

「ちなみに、なんで会話のない部屋が好きなんですか？　もちろん静かなこともいいですが、会話くらいはしてもいいのではないかと」

「会話って必要ですか？」

「必要ですかって、そりゃあ必要だと思いますが」

「僕はあまり思わない」

迷いなく紡ぐ言葉は、宙の強い意志を感じさせた。

「会話があるから争いが起きる」

　宙は続けた。

「僕は、一人一人が持つ言葉は決して交わることはないと思ってます。むしろ理想って、自分の言葉を守って生きることなんじゃないかなって」

「ほぉ。本を読んでいるだけありますね！　なんか深いっ！」

「生物というか、人間もそうなんですが、一人一人が何かしらの目的をもって無意識のうちに行動をしているので、それが明確になればなるほど、〝丸〟を形成していくんです」

「丸ですか？」

「はい。隙のない丸を作っていくんです。そこまでならいい。それを他人に押しつける。もしくは、つけ入る隙があればすぐ指摘をする。僕はただ、それが嫌いなんです。僕らは完璧ではない人間だから」

「よくわかんねぇけどよ、たとえそれをお前が望んでたとしても、あの部屋で、俺とは話してたじゃん？」

　翔は解せない表情を浮かべ、部屋でのことを思い返した。

　宙は少し恥ずかしそうに、それでいて少し嬉しそうにモジモジとした。

「翔君は欠けているので」

「おいっ！　てめぇ、まじぶっ飛ばす！」

翔の怒りをよそに、先生は上半身を傾けた。

「でも、宙君がたとえば丸を持っていたとしたら、翔君が欠けていても交わることはできないと思うんですが?」

「交わることはできないです。でも、欠けているところがどこかに引っかかることはできるんです!」

そう言って宙は右手に満月のような丸、左手に三日月のような欠けた丸とをくっつけようとした。

「なるほど! それで翔君とは会話ができるんですね!」

「ひどいっ……」

翔は大きくうなだれた。

「まって、うちもこの前ベランダで話したんだけど!?」

ずっと沈黙を守っていたエリが口を挟む。

宙は身体を外へと向けた。だんだんと耳が紅潮してくる。

「お前はほぼ欠けてんだろ!」

エリは激しく身体を反転させる。

「うるっさ!! 欠けてるあんたに言われたくないんですけど!!」

「はぁ? お前よりは欠けてねぇよ!」

「あんた、マジやんのかよ」

エリが威圧するかのように立ち上がる。

「ほぉ、俺とやんのか」

今、まさに、翔とエリの三日月が衝突しようとしている。
（パンッ）
先生が手を叩く。

始まりのゴングが鳴り響く。

「はいはいはいはいはいっ！」

先生は二人の元へ歩み寄り、宥めるように座らせた。そのまま教室の後ろへと歩を進める。

「話がそれてしまいましたが、宙君がなぜ静かな世界を望むのか。その理由は丸を持ち合わせているためということですね。納得です！　面白い！　それで違和感を覚えた翔君はチャリで遠出をしたと。そうですね？」

先生は名探偵を気取るかのように、実体のない眼鏡をクィッと持ち上げた。

翔と目が合うや否や、ははっと笑みが漏れてしまった先生は、すぐさま咳ばらいでごまかそうとした。

「それから、えー、すみません。自転車はもともとあったんですか？」

「おいっ、笑ったな」

翔は不機嫌そうに言った。

「それで自転車は宙君が所有していたんですか？」

「パクった」

翔はあたかも当然のように言った。

先生はため息をついた。

「ダメですよ、他人のものなんですから」

「別にいいだろ。どうせここに戻ってくるんだし」

「そういう問題ではないです。二台ともですか？」

「いや一台だけ。二人乗りした」


先生は外を眺めるように立ち止まった。背に灯りを受けているために、薄暗い不気味なシルエットが窓に映る。

「そうそう」

と、翔は話の続きを振り返るように言った。

「危ないといえば、こいつ、くすぐるんだぜ？　危ないったらありゃしない！」

「それも危ないですね！」

「そ、それは信号を無視しようとしてたからじゃん」

宙は強引にも記憶を掘り起こさせられた。自らではない他人の記憶。強いて言うならば、トラックの運転手の記憶がよみがえる。箱の中には何が入っていたのだろうか。

決して見つからない答えを探すことは、果てしない旅のように、それが意図したものであるか、それとも偶然の産物なのか。どちらにせよ〝苦〟に近いものとして、存在していく。

「信号、無視したんですか」

音が重なることなく、ありのまま流れた。

「いや、だって先生！　数メートルですよ？　車一台しか通れないほんの小さな横断歩道ですよ？　あんなちょっとの信号、車来てなきゃいいでしょ？　ねぇ？」

翔が状況を説明しても、先生は外を向いたまま動かなかった。反応もない。

「先生」

翔がもう一度呼びかける。

静まり返る教室、その異常さをいち早く察知したのは、人間という生物を誰よりも熟知している翔だった。

彼は空気という重要性を誰よりも理解していた。どのような劣勢なる試合も、一つのプレーで空気を変えられる。空気さえ変えてしまえば、あとは相手がのまれていくのを待つだけ。人間というものをサッカーを通じて学んでいた。

実力が拮抗している試合ほど、勝負所のタイミングを見極める感性が磨かれてきた。しょせん相手は一人の人間だということを。

ただ今は、それどころではない。異常事態を肌で感じていた。

「ねぇ、先生！」

翔が語気を強める。

その者を映し出しているガラスが曇っていく。


「いいわけないですよ、いいわけ。何か便利なものを使うのなら、それ相応の対応をしなければならない。何のために信号があるんですか。何かをつくり、それを使用するのなら、誰にも迷惑をかけてはならない。使うなら守れ」

先生のただならぬ口調に全員が息をのんだ。

「便利なものを使うのなら、守られなければならないものがあります。自由に走りたいのなら、便利なもの、技術を否定することです」

振り返る先生と視線が重なり、翔は震わせながらも口を開けた。

「なに、急に？　え、だってほんの数メートルですよ？　そりゃ大きい信号なら止まりますよ！　でも、たった数メートルですよ？　ちょっと確認すればわかるじゃないですか！　それに、俺たち以外もみんな渡ってましたよ？　それこそ携帯見ながら！」

「だから、俺たちも渡っていいと」

「だからってわけじゃないけど。危ないか危なくないかぐらいわかんじゃん！　ほんのちょっとの信号なんだって。なんでそんなに気にするかな」

　翔は赤信号を渡ったことはいけないことだと認めたうえで、行動したことが伝わらないもどかしさに、足を細かくゆすり始めた。

「翔君、便利なものはたしかにいい。でもその分、口をつぐむ必要があるんです。決して口を開けてはならない。便利とは自由を奪う道具なんです」

「まじ意味わかんねぇ。便利は時代が進んでるってことだろ？」

　翔は同意を求めようと振り返る。

「なぁ、お前も思わねぇか？」

「え、あぁ、いやまぁ」

　高宮は戸惑いの表情をみせた。


　少し前に話の輪から外れていた。翔が背を向けてから。

　先生はいつも教壇から見守っていたが、今はそこにいない。ただ高宮にとっては、どうでもいいことだった。上の空に飛んでゆける一人の時間。自らに没頭することのできる至高の時。安定から不安定へと移り変わる景色に、自由の種が知らぬところに芽を出していた。

その無関心という高宮の態度に、翔は刺すような視線を向けた。

この状況を一人で受けるのは大変だ。もともと翔の立場は良くない。そのため、援軍もしくは盾となってくれるであろう味方、すなわち高宮を必要とした。しかし、高宮はその戦いには興味を示さなかった。圧は徐々に身体を蝕み、追い詰められていく。

「便利が増えてくる世の中とは、本来の私たちが必要とする、自由が失われていく世界なんです」

「なんでだよ！　どこへでも行けんだろ？　遠くに行くのに歩いたらどんだけかかんだよ！」

翔は手当たり次第に言葉をぶつける。隠し球なんて持ち合わせていなかった。先生はその投げられたものを丁寧に拾い、訊いた。

「遠くに行く必要はあるんですか？」

「世界に行くためには飛行機が必要だろ。歩いていくのか？　歩いて」

先生はふっと笑い、教壇の方へ歩き出す。

翔はとりつかれたようにその動向を追った。

先生はバンッと音を立てて机に両手をつく。そして彼をじっと見つめ、ニヤッとした。視線が横にいる宙へとずれる。

「宙君！　彼も丸いところ持ってそうじゃないですか？　世界に行くためには技術が必要だ！　たしかに歩いてはいけないですね！」

「はぁ？　何言ってんの」

翔はじっと待っていた。どんな形で転がってきたボールもすべて跳ね返す。隙をみせたところを一気に叩く。タイミングと逃げ切る強さは、ここにいる誰よりも持ち合わせている自負があった。しかし、ボールにだけ目がいってしまい、他人に転がったボールに走らされてしまった。


「どこか遠くの国に行くには歩いてはいけないです。人間だけでは無理です。だから技術を駆使する。たしかに目的地が遠くの国ならそれが丸になると思います。まぁ、しょうもない小さな丸ですが」

「いやいや、まてまてまて。いったい何の話をしてんだ？　俺がしょうもない？」

「翔君にも丸があるってことですよ！　よかったですね！」

「俺にも丸がある？　なんだそれ、どういう意味だ！」

翔は丸の本家である宙に訊くが、静かにあごを引かれてしまった。

「それじゃなんもわかんねぇよ」

翔はか細い声で懇願した。

宙まで敵に回してしまうと、ここにいづらくなってしまう。期間限定とはいえ、まだまだ長い瞬間が待っている。


「世界に出るならですか」

先生はポツリと落とした。

何かが生まれる時、波紋が浮かび上がる。沈む時もまたしかり。静かな水面が訪れるのは、すべてが消滅する時。

「世界を目指していた翔君ですが、この部屋は世界を目指す必要はありません！　なぜなら、望めばどこへでも行ける。何者にもなれるから」

再び飛び出そうになる声を押し殺し、雲行きを探ろうとした。

「今でも世界を望んでいますか？」

「…………」


一つのものを追い求め、他をすべて切り捨てる。シンプルかつ強力な芯を持てれば、自らを生き続けられる。正解のない不確かな世には、揺るぎない信念さえあれば、たいていのことは耐えられる。他人になんと言われようとも、各々の目指す場所を信じ続ける。深くまで根を張り、大きな幹へと形を変えていく。

しかし、土壌となる〝たしかなもの〟がなければ、根を張ることもできはしない。

「負けたくない、それは何も変わらない。だけど」

先生は静かに時を待った。

「だけど、なんかわかんねぇんだ。届いたら届いたで、終わらなかった。それがずっと、永遠に続くって思ったら、わかんなくなった」

先生はそっと頷く。

「永遠というのは永遠に続く、こういう生き方なら永遠っていうものを描き出せるのか。誰しもが迷うところです」

翔はやり場のない想いに、グッと歯を食いしばった。

先生もまた、無音になるこの教室を優しく見守った。

その緊張状態に従属する、それが世の中では美化されつつあり、何かと肯定することによって、安住の地へと化してきた。ただそれでも、永遠には続かない。そこへ亀裂を入れたのは、言葉を探している翔でも、その光景を包み込んでいる先生でもなく、エリだった。

「そういえば先生って、ここにずっといるんですよね？　私たちよりも前から」

「はい、何度もあなたたちのような可愛い生徒たちを見てますよ！　毎回名残惜しい」

「先生は、永遠を見つけられたんですか？」

意表を突かれたように、先生の表情から柔らかさが溶けていく。

「私はここへいつでも帰ってこられるので、別に永遠は」

エリが反論した。

「だって先生も永遠じゃないんですか？　だって、永遠にこの部屋に戻ってくるんですよね？　十回って期間限定じゃなくて、ずっとですよね？」

「……そうですね」

先生は神妙な面持ちでポロッとこぼした。

「だったら、先生はもう見つけてるんですよね？　なんでここにい続けられるんですか？」

エリに尋ねられた者は考えるように腕を組み、うんうんと相槌を打った。

「そうですか。そうですね。では、質問します！」

その応えにエリの表情が曇る。

「いや、普通に答えてよ！」

先生は頷いてはくれたものの、その優しそうな顔からは何も伝わってこなかった。

「高宮君！　君は永遠にこれだというものは見つかりましたか？　みなさんも」

先生は一番端で上の空になっている高宮に尋ね、順に翔、エリ、宙の名を呼んだ。

最初に問われた者は、当たり前だと豪語した。

「前から言ってるけど、ぼくは大企業の社長になって世界を動かす。望みなんて決まってる」

「いやいや、だからなんで」

「なるほど！　それは素晴らしい！　どんなお仕事をされるのですか⁉　いや、どのように世界を動かしていくのですか？」

先生の問いに高宮は腕を組み、「検討中だ」と答えた。

「だから、なんで働くのよ」

上書きされてしまった時よりも、エリはずっと強く声を上げた。そこには彼女なりのたしかなものがあった。


なんでも望めるのに、なぜ働かなくてはならないのか。それだけだった。ましてやエリの部屋では、すでに意見が重なっていた。

「エリさん！　別に働くことは悪くありませんよ。何よりも誰かのためになっているのですから！　素晴らしいことじゃありませんか？」

先生のその笑った顔に触れることなどできはしなかった。一度失ったことへの恐怖だけでなく、〝誰かのため〟という決して否定できないものを、念には念をと突きつけられてしまった。つけ入る隙もなく、何かを見つけ壁際に追い詰めても、最後はその笑った顔ですり抜けてしまう。そして、また同じ顔を探すのだ。

だが、その〝完璧な丸〟を作れるのは先生だけではなかった。その丸を壊せるのもまた、先生だけではなかった。

宙がそっと口を開いた。

「みんなが自分に満足できたら、それもなくなりますね」

「え、あぁそうですね！　そんな世の中が来たらいいですね」

「望めば来ますよ！」

「そうですね」

宙の目に強い生気が溢れていた。

「エリさんも今のうちだけですよ？　誰かのために働けるのは」

「う〜ん、まぁそうかもしれないけど。私は嫌よ」

「そうですか！　では、エリさんは永遠に何を望みますか？」

「え、うち⁉　うちは、なんというかその、なんというか」

「イケメンでしたっけ」

言葉に詰まるエリに先生が問いかける。

「ちょっと先生！　みんなの前で言わないでよ」

エリが勢いよく立ち上がると、その反動で椅子はゆらゆらと音を立てて倒れた。その音と静かな教室とのギャップに、ビクッと肩をすぼめる。もっと、いつもみたいにガヤガヤしていたらと、ほんの少し願った。

「それに、なんか高宮の後に言われるのもなんか嫌だし」

そう言ってエリが先生を見た時、どこか今までとは異なる印象を受けた。先生は、優しさだけではなく、目をキラキラと輝かせるような姿をしていた。

毎度毎度現れる沈黙の教室。休み時間に流れていたＢＧＭ、放送部が今流行の曲を流してくれたあの夏。ここではそんな人たちもいないのだろうかと、心の中で望んだ。せめてもの、鳥のさえずりでも聞こえたら――。

「エリさんも翔君も、もともと一つを決められているので、選ぶことはないと思います」

「選ぶって何よ！」

エリは率直な疑問をぶつけた。

「エリさんだとイケメン、翔君だとサッカー。求めている対象が明確なんですよね。だから、あとはどのようにアレンジしたら永遠に過ごせるのか！　それを決めるだけです」

「決めるだけって……」

エリは先生の言葉に思わず言い返した。

「それが大変なのよ！」

決めるだけ。それができれば苦労はしない。

愛する人がすぐに見つかっていれば、決まっていれば、こんなに悩むことはなかった。

簡単に見つかっていれば。

現実に戻されるように、ため息をついた。

「ですが、一つ大枠が決まっているので、あとはワクワクしながら考えるだけじゃありませんか？」

先生の言うことも一理あった。

誰かを愛すること、恋をすることは、本来、ドキドキしたり、寂しくて急に会いたくなるもの。胸が弾むような瞬間を送れている、はずだった。身体の力が抜ける。

「なんか本当は嬉しいはずなんだけど、なんかね。うまくいかない」

「悩みますね。なにせ、一度きりの人生、役ですから」

エリはじっと先生を見つめた。その視線に気づくと、先生はニコッと笑ってくれる。

彼女はその包み込む優しさにいつも助けられていた。自分を一番わかってくれる人。

〝一度きりの人生〟という言葉には、先生が彼女の想いをくみとった何よりの証拠だった。他人ではなく自らの姿をと望んだ。先生は各々が大事にしているものを守ってくれる、そう感じた。

しかし、その言葉に最も強い反応を示したのは、それをもともと強く信仰していた高宮であった。

「そんな意味のねぇもの望んでんから悩むんだろうが」

久しく聞く〝弟〟の声に、はいはいと軽くあしらった。

「高宮君には意味はないでしょうね。どうでもいいわ」

「どうでもいい、どうでもいい？　何がどうでもいいだ。言ってみろよ！」

「はぁ⁉　なに急に？　こっわ！」

エリはわざとらしく腕をさする。

「だから、お前が言ったんだろ。どうでもいいって」

「は？　何？　小さくて聞こえないんですけどー」

あざ笑う声が切り取られるように、高宮は机を強く叩いた。

「何がどうでもいいんだよ！　それを言えって言ってんだよ‼」

「まじなんなの⁉　キモイんだけど‼」

エリは高宮の急な怒鳴り声に、癇癪を起こす。

二人に左右を挟まれた翔は、心臓の辺りを手で押さえた。

甲高い悲鳴が教室を揺らした。

「世の中になんも役に立たないクズが。さっさとイケメンの部屋にでもこもってろよ。何にも役に立たないクズ同士端っこにでもいろよ。邪魔なんだよ」

「ク、クズってあんたね‼　あ、あんたの方がクズよ！　あんたの方がどうでもいいもの望んでんじゃん‼　何、仕事？　仕事があんたの望みなの⁉　バカなの⁇　何でも叶うのにそんなもの望むなんて、あんたの方がよっぽど無意味よ！！！」

「ふざけんな」

高宮が机を叩き倒した。大きな衝撃音とともに、机の中にあった紙とペンが散らばる。

フローリングの床には、数センチのくぼみが出来上がった。

「な、何よ。そんなんでキレるからバカなんだよ‼」

鼻息を荒々しくする彼女を正面にして、高宮はどこか諦めの目を向けた。熱を放出し切ったのだろうか、静かに口を開いた。

「お前には一生わかんねぇだろうな。のんきに生きてきたやつなんかに」

そう言うと小さく鼻を鳴らし、歩き出した。

「はぁ⁉　別にのんきになんか、おい、逃げんのか？　おいっ‼」

エリは去り行く背中に訴えかけるが、高宮は振り返ることなく教室を後にした。

「なんなのよあいつ。まじ意味わかんねぇし。イラつく」

教室のドアは音を立てずに閉まった。

「ねぇ、先生もなんか言ったら？　ってか、なんで止めてくれなかったの？　先生でしょ⁉」

そう言ってエリが振り返った時、先生はどこか笑っているように映った。いつもと異なるもののように。

「あ、いえ。ごめんなさい。少し驚きまして」

「はぁ、やだやだ。なんで先生がうろたえるのよ。だっさい」

先生は自らを責めるように何度も頭を下げた。

「あんたらもよ。なんでボーッとしてんのよ。マジこれだから男は」

エリは仲裁に入ってくれなかった彼らにも敵意を向けた。その対象とされた翔は、模索するよう丁寧に話し始める。

「いやなんか。なんかあいつがかわいそうに思えて」

「はぁ⁉　あんた頭狂ってるの？？　なんであいつがかわいそうなのよ。被害受けたのはこっちでしょ」

翔はエリとの距離が縮まる気配を感じ、反射的に身を引いた。いつかの記憶がよみがえる。

「なんかさっき先生が言ったことが。たしかにそうなのかもって」

「何よ。先生がなんか言った？」

考える時を与えられ、自らに堕ちていく。


「そう。たしかに俺とお前は」

「お前っていうな、エリよ」

「……俺らはたしかに何かを見つけてた。それこそ、俺はサッカーがあったし、お前はイケメンがいればよかった」

「あんたねぇ」

エリが睨みを利かせようとするが、今だけは権威を許されなかった。

神妙な雰囲気が辺りを包み込む。

「ただ、あいつは仕事を望んだ」

「だからさっきから言ってんでしょ、そんなのはおかしいって」

「そう、だからあいつは、他に望むものがなくなったんじゃねぇのか？」

「望むのもの？　そんなの知らないわよ！」

誕生と喪失の繰り返しの中、ポツリと生まれる。

「それが夢だったら」

もし、それが夢だとしたら。大企業の社長になることが高宮の夢だとしたら。〃叶ってしまう〃。そこまでならいい。働く必要がないために、それらの夢は夢として、幻想として消えてしまう。翔も同じく夢が叶った。いとも簡単に叶ってしまった。夢を一度でも持った者は、夢のない人生はとてつもなく退屈だと感じる。

翔は夢を失った。手にした瞬間、むなしく消え去った。だがそれでも、今をつなぎとめるものが、サッカーという存在でもあった。

「高宮君が言っていた世の中って、意味のあるものなんですかね？」

先生がつぶやいた。

明け方の湖に、魚が飛び跳ねる。誰の介入も許されない夜明けの湖に、一つの命がうねる。波紋は徐々に広がり、やがては一面に溶け込んでいく。そして、再び、新たな生命が生まれる。この世に目指すべき場所はない。

ただ、一つとして、飛び跳ねるだけ。

ガラガラと、〝ドア〟が開かれる。

先生は教室の入り口に立つ者を見て感心する。

「君が一番早いのは初めてですかね？」

問われた者は〝ドア〟を静かに閉め、すぐ近くにある自分の席に座った。

「永遠はいかがですか？　面白いでしょう」

「そんなに面白くもねぇ」

ボソッと呟いた。

「そうですか。あと少しですから、見つかるといいですね」

先生は優しく語りかけた。


少し前には、ここに社長という役柄を持ち込んだ時もあった。役柄を持ち込むことはあっても、仕事を持ち込むことはなかった。何せ、ここに持ち込んでも、次が新たに始まってしまうから。

「あっ！　そういえば、高宮君。君とは登山中に会いましたね？　周りが暗かったのでびっくりしましたよ！」

高宮は閉じていた目をそっと開け、ため息をついた。

「……。そうですね。先生はなんであんなところにいたんですか？」

先生の口角が自然と上がる。

「いやぁ、そうなんですよ。宙君を探していたら、迷ってしまって。そしたら高宮君が目の前に現れたって感じです！　高宮君はあそこで何をしていたんですか？」

訊き返された者は、あの山へと記憶を引き戻された。

「あ、あぁ。あの時はなんか灯りをつけようとしてた」

「ほう。灯りを？」

「そう、あの山、先生と会った山だけ真っ暗で不気味だったから。山にいた女の子が教えてくれたんだ」

高宮は記憶をたどるように、小さく身振り手振りをしながら話し始める。かすかに残っている身体の反応を探しながら。

「山に女の子ですか？　あの山に人がいたんですか？？」

高宮から発せられる事実に興味を示し、先生もまた〝あの山〟へと潜り込んだ。

「そういえば、どんどん灯りがついてきた気がします」

高宮は丁寧に記憶と言葉をつなぎ合わせていく。

「あのとき、山にたくさん人がいて。その時、女の子が僕のところにきて、向かいの山を指さしたんだ。おそらく灯りをつけてほしかったんじゃないですかね。その時いろんなところに灯りをつけてたから」

「えっ？？　あの灯りは、全部高宮君がつけたんですか？？」

「あほか、一人であんなにつけられっか！　誰かがつけたんだよ。んで、それに便乗しただけ」

風船のように膨らみかけた希望もみるみるしぼんでいく。

「でもみんながみんな明るい方がいいとは限らないですよ？　暗いところが落ち着くって人もいますし」

高宮は、いやいやと首を振った。

「あそこは不気味だぞ。あの山、たまに暗くて危ないところとかあったんだ。だから足元に灯りを灯しとけば歩けるかなって」

「まさか……。私たちのために……」

先生は口元を抑え、言葉を切った。

「うるせぇな。お前らがどんくさいからだろ。仕方なくだ」

そして居心地が悪そうに目をそらした。予期せぬ動揺に、頬の感触を確かめる。

「でもなんで、山全体に灯りをつけたんですか？　あれは、灯りをつけたというか、燃えてたような気もしましたけど」

「あ、あれは！　あれはお前のせいだぞっ！」

「えぇ、私ですか？？」

「そうだ！　お前があんなところにいるから、驚いて、驚いて」

高宮は「驚いて」と二度三度繰り返し言ってみたが、その先へと進むことをどこか躊躇した。

しばらく静かな時が過ぎた。やがて先生が、

「驚いて？」

と小さく訊いた。

その問いかけに触発されるように、高宮はふと我に返る。

「転んだんだよ。それで周りの木に火がついて、燃えたんだ」

「そうなんですね」

なんとか思い出し、打ち明けた山でのこと。先生は優しく受け入れた。

「元はと言えば、お前があんなところにいなければ、あんなことにはなってねぇ」

「そ、そんな私のせいじゃありませんよ！　高宮君が」

「僕のせいだっていうのか？　まじ生徒を疑うって、先生としてどうなのよ！」

理不尽にも思える責任の所在に、先生は悔しくも嬉しそうに平伏《ひれふ》した。

「なんだ？　なんか文句あんのか？　先生！」

「いえ、なんでもありません！　私はあなたの先生なので！」

高宮は勝ち誇ったように鼻を鳴らし、椅子の背に寄り掛かった。

二人はじっと待った。ここには時間が存在しない。だが、また彼らが戻ってくる。戻ってくるのを待った。ただそれも、同じことの、永遠の繰り返しの一つに過ぎない。彼らが戻って来ても、またそのうちここを離れ、再び邂逅する。永遠とは、どのような変化も関係なくのみ込んでしまう。今、この瞬間、何かを待っている時間すらも。


「そういえば、高宮君は見つかりましたか？　永遠に何を望むのか」

「…………」

「あと数回で永遠ですよ？」

「うっせぇな！　わかってんよ!!」

「なんですか、そんな、先生に向かって」

「だまれ」

二人しかいない部屋に、逃げ場はない。独り言だと互いが共通認識を持てば別だが、そうではないとわかれば、その声から逃れることはできない。

「ほんとは望みがないんじゃありませんか」

何物にも触れることなく、先生の言葉はスッと高宮の心の深いところまで入り込む。

「はぁ!?　てめぇまじうぜぇぞ！」

音を立てて机が跳ね上がる。中に入っていたペンが、息を潜めるように止まった。

「高宮君は自ら、『これをやりたい』って考えたことはありますか？」

そう言う姿は、先生という立場で、その任務を全うしているように見えた。

「だから黙れって‼」

「高宮君は」

「だまれっ！！！」

「黙りません‼」

「はぁ？　なんでだよ、先生だろ？　黙れって言ったら黙れよ」

「先生だからこそ、黙りません！」

高宮の声はそっと消え去った。

叱られることには慣れていた。いつも親の意に反したことをすればすぐに怒鳴られた。何度も言わせるなと、何度も何度も叱られた。優しくされたことなんて、思い出せないほど強烈に。だから、これも慣れているはずだった。だが、ここは想像以上にダメージを受けてしまう。ガツンと殴られるように。

寄り掛かれる先が見当たらなかった。

「高宮君、君は誰かが決めたものを追いかけています。誰かがつくった幻想を。私は確信を持って断言します」

「だれが幻想を追いかけてるって？」

高宮がわなわなといきり立つ。

「世の中がつくった幻想、それを高宮君は追いかけています。さらに、その幻想に拍車をかけています。あなたは、世の中の犠牲者であり、加害者でもあります」

「ふざけんなっ」

高宮の怒号が響いた。

仮小屋

永遠を知った時、すべてが崩れ落ちた。

ずっと感じていたもの。たしかな実感とは異なり、一つ一つが幻想として、消えていく。

わかっている。わかっている。わかっている。そんなもの。

先生は目をそらさず、じっと彼を見つめた。

「気づいているんじゃないですか？　誰かに何かを示してもらわないと走れないって。誰かにボールを投げてもらわないといけない赤ちゃんだって」

「だまれ、てめぇに何がわかんだよ」

高宮の足が小刻みに震えている。

わかっていた。でも、それでも。しがみつくことしかできない。手放さないように、必死にしがみつくことしかできない。だって、幻想がないと死にたくなるから。

高宮の七回目の永遠は再び、変わらず〝仕事〟を選んでいた。

仕事以外では、無断でおしかけたエリの部屋。先生が声を〝かけてくれた〟登山。最初に選んだ大富豪、いち早く思い浮かんだ大富豪。

それも手にした瞬間、消えた。

逃げられない鳥かごの中で、何不自由なく暮らせた。あの大富豪には、もう戻ることはなかった。美味しいものを食べられた。毎日、見たことのない料理が目の前に運ばれてきた。すべてのものがそろい、一日中面白そうなゲームをしていた。飽きたら違うカセットに替えた。少しいら立ったら、ゲーム機ごと壊せた。人やモノにどれだけ八つ当たりしても、目の前の人が悔しそうに歯を食いしばっている姿も、爽快だった。生きている実感があった。

座っていたら、誰かが肩をもんでくれた。最新の映画も超大型スクリーンで見た。ウトウトしてきたら、誰かがベッドまで送り届けてくれた。

これが、求めていたもの。これが、この世界最大のおもてなしだから。

すべてが、消えてほしいと思った。

「高宮君は、誰かの合図で動いてきました。誰かが手を叩いた瞬間、みんなと同じように走り出す。走り出してしまう。そして、ゴールにたどり着いたら称賛される。でも、ゴールできなかった者は、負け組と烙印を押される」

「…………」

「君が生きてきた社会は、適応社会です。誰かの合図で数々のミッションに適応したら称賛される。頑張ったものが報われる社会ではなく、頑張って誰かの示した基準に達したものが報われ、たしかな称賛を得られる」

「うぜぇな。僕は誰にも指図を受けねぇためにここまで頑張ってきたんだ！　親にずっと言われてきた、いい大学に入って、いい会社に就職して、社会に埋もれるなって。埋もれないために自分で何かを立ち上げろって。今に満足するなって、ずっとずっと言われてきたんだ‼」

「だから奴隷だと言っているんです。学歴社会は誰が創りましたか？　資格や試験、答えは誰が創りましたか？　世の中の当たり前は誰が創りましたか？　それはすべて普遍的なものですか？　なくしましょうよ。何かに寄り掛かることなく、純粋に自らを生きましょうよ」

　暮れていく空にまだ燦然と輝く太陽が居座るかのように、季節外れの生気がさまよった。

「あなただからこそできることがあります。現実にある当たり前をぶっ壊してください。高宮君だからこそできる」

「うっせぇっ‼　僕には時間もなんもねぇんだよ。どうせ僕は負け組なんだよ！！！」

「高宮君。君は負け組なんかじゃない！　むしろそれらと闘う必要があります！」

「そんなのできねぇよ、僕なんかに」

「なんでですか。君なら」

「できねぇんだよ。僕は目の前で見たんだよ。負け組だって烙印を押されたの」

「だから、その負け組というのを」

先生は言葉を止めた。高宮の手が制止させたからだ。これ以上のことを止めさせるには、それしかなかった。発せられること以上の言葉で上書きできたところで、それは死を意味した。

唯一の味方でいてくれる、言葉も経験も自信も。雲をつかまされるように浮遊している。

「おめぇにはわかんねぇんだよ、クソ野郎。僕は大企業の社長になった。僕をコケにした会社を見返したかった。だけど、僕は何もできなかった。ただただ、ビルの上から笑われてたのを見てるしかできなかったんだよ」

「………」

「ふっ、笑えるよな。自分が見返そうとしたのに、逆に使えないって目の前で言われるんだぜ？　笑えるよな、なぁ？」

小さくなっていく声に、言葉が出なかった。少しでもそれに触れてしまったのなら、消滅する。か細く繊細な音だった。

「何が一生に一度だ。もうあの瞬間に、僕の一生は終わったんだ。もう何もかも終わったんだ。第一志望の会社に落ちたって言ったら、親にどんな反応されたと思う？　無視だぜ、無視！これが親だったんだって。まぁ仕方ねぇか。それが現実なんだから」

「一生に一度、ですか」

「一生に一度の人生だ。その一生も早い段階で終わった。それこそ、あんたや親が言ってた奴隷のような生活が始まるんだ。もうどうでもいいんだよ」

淡い濡れた声だった。悲痛の叫びも、輝きは一瞬としてはかなくも消えてしまう。誰の目にも、耳にも感情にも届かず、生まれては死を迎えるだけ。

ただ同時に、もしすべての悲しみが届いてしまったのなら、僕らは誰ひとりとして、笑ってなどいられないだろう。アスファルトは涙で濡れているだろう。立ち上がることすらできないだろう。今この瞬間にも、どこかで悲鳴が響き渡る。聞こえないことが、唯一の救いでもある。だが、もしすべてを感じることができるのなら、世の中は少しでも変わっていてくれると思う。願っている。

「だったら別の人間として生きればいい」

「はぁ？　頭湧いてんのか？　別の人間ってなんだよ」

「別の人間です。高宮君ではない別の人。別の人になってやり直せばいい。ここなら、いつでも何度でもやり直せます」

いつもの先生と目が合った。高宮は先生の意図を察して首を振った。

「それは却下だ。一応これでも、自分の姿に愛着があんだ。ずっとこの身体と付き合ってきたしな」

「そんなことどうでもいいと思いますが」

高宮は不意を突かれたように顔を上げた。先生は変わらずそこにいるだけだった。

その表情はどこか力強く見えた。

高宮は「お手上げだ」と言って笑った。

「あんたも鬼だな。自分の姿に愛着があるって言ってんだろ？」

無粋なまでに追いかけてくる。その間、ふだんの冷静さを取り戻しつつあった。

諦めという名の言葉に寄り掛かるように。

「私はこれで十人目の私です。一度目の私はとうの昔に亡くなっています。生き物ですから」

それを聞いた高宮は、はっはっはと声を上げた。声を上げ続けた。溜まっていたものをすべて吐き出すように。一生に一度という壮大な人生も、十人目ともなれば。

「あなたに負け組の烙印を押した世の中はそのままにしておくのですか？」

「自分には関係ない」

一蹴する高宮に先生が告げる。

「この世に当たり前なんて一つもない。ただ一人の人間が生まれてきた時、すでに何かが創られていただけです。それを普遍と呼んだ。創ったのもすべてあなたと同じ人間です」

夜を迎えようとしている高宮に対し、いまだにギラギラと太陽が照りつける。

「高宮君だからこそ、高宮君にしか頼めないことです。残念ですが、他の三人にはそれは頼めない。みなさん自分のことで一杯ですから」

先生は遠くを見るように、ボソッと呟く。

「私はいら立っています。十回も生まれ変わって、何も変わらない世の中。自分のことだけを考えている個人主義の世の中。奴隷しか生まれない世の中。変えられるのは、永遠を知ったものだけです。あなたは、変える力を持っています」

高宮は黙ったまま外を眺める。フレームの中にしかない景色。変わらないいつもの景色。それ以上の景色を見るには角度を変える必要がある。ただ彼の席は窓から最も遠くにあるため、少し角度を変えてもほぼ変化は起きない。フレームは動かない。対象も動いてはくれない。

しばらくして、気まずそうに口を開いた。

「………。仮に、仮にだ。仮に僕が何か世界を変えるとしたら、何をすればいいんだ？」

「何かではないです。世の中の当たり前を壊すことです」

先生のその言葉に迷いは感じられない。

「わかった、わかったから。だから、その世の中を壊すために何をすればいいんだ」

「それは」

高宮は息をのんだ。

「それは、今に驚異し続けることです」

七回目の永遠を終えて、三人が教室に戻ってきた。

「ただいま〜」

「おかえりなさい！　おぉ、みなさんおそろいですね」

エリは帰ってきて早々顔を歪めた。おそろいという言葉が気に食わなかったのか、たまたまよと弱く否定した。そして、教室の向こうを軽く指さした。

「ってか、全員じゃなくない？　高宮がいない」

入って来たばかりの入り口を見つめる彼女に、翔はあごでベランダの方向をさした。

「うわぁ〜引くわ〜」

「よくあんなところに行けるよな」

「あれ、あんたも行ってなかったっけ？」

「俺はあんなところごめんだぜ。楽しくなさそうだし」

三人は自らの席に着き、息をついた。ベランダの様子をチラチラと気にするエリ、未だ冷め止まぬロナウジーニョとの邂逅とサインをもらい損ねたことを悔やむ翔、他愛のない会話に先生と宙も加わった。

「何か見つかったっていうか、なんだろう。う〜ん、なんか元の世界でもいいのかなって、少し思った」

純粋な言葉はそこにいる者たちの目を開かせていく。

「あっ！　別に元の世界に戻りたいってわけじゃないわよ！」

エリはその異変に気が付き、すぐさま言ったことを訂正した。

「ただ、少し。ほんの少しだけ戻ってもいいかなって、思っただけ」

先生は、様子をうかがう彼女から、照準をずらした。

「翔君はいかがですか？」

問われた者は、自分の意思を探すかのように虚空を見つめた。

「そうだな。まぁ俺も別に元の世界でもいいかなって思う。でも俺はただ元の世界でもいいってだけで、あの部屋のほうが好きだな」

「なるほど！　宙君はいかがですか？　翔君の部屋はいかがでしたか？」

「そうですね。なかなか長かったかなって思います」

いただけない想いに曇る翔の表情。

「今回だけ短かった気がしたけど」

「感じ方は人それぞれですからね」

これより一つ前の、それぞれが望みの人生を終えて集まった後のこと。帰り際、翔が自分の部屋を見せると言ってきた。

どうやら他人の部屋に邪魔をしてしまったという、わだかまりが翔には残っていたらしい。あの時、興味本位で流れに乗っかった。急なことであったために、有無を言わせず乗り込んでしまった。そのことに対する自らへの戒めと位置づけて、宙を部屋に招待したのだ。有無を言わせずに。

「でもなんか、僕も他の人っていうか、翔君の部屋は別に悪くなかったって思います。もう少し短くなればなおいいですかね」

「お前、そんなんじゃ全然サッカーできねぇじゃん！」

「別にいいじゃん」

宙はエリの陰に身を潜め、ボソボソ呟いた。

翔はそれを追うように身体を伸ばす。右から左へ、左から右へと。エリを起点に攻防が繰り広げられる。

「どこが悪くなかったとかありますか？」

先生の問いかけに、宙はするりと態勢を整えた。

「なんですかね。なんかザ・スポーツっていうのがなかった感じですかね？」

「ザ・スポーツ」

先生が反復するように呟く。

「なんか、スポーツって怒号が飛びかうイメージなんですよね。強ければ強いほど。翔君は、雰囲気上手いって感じだったんで。なんかそれが始まるのかな～って思っていました」

「雰囲気だってさ」

おちょくるエリに、翔はうっせぇと吐き捨てる。


二人まとめて鋭い眼光を向けるが、その表情はすっかりと晴れていた。

「元の世界に戻りたいってのも、一度だけ戻りたいだけなんだ。前の仲間に会ってサッカーがしたい。できれば、あいつらにほんの少しだけ謝りたい」

先生は驚いた様子で翔を見るが、そこに他の者が入り込む余地はあまり残されていなかった。自身と向き合い、闘っているようにも映った。

翔はゆっくりと口を押し開ける。

「あいつらの好きな、楽しいサッカーを奪ったから。もう俺以外、サッカーやってないんだ。みんなもうサッカーしてない。だから、もう一度だけ」

「謝る必要なんかないですよ！」

先生は首を横に振った。

「ただ、楽しいサッカーを一緒に思い出すだけです！」

そうだなと、翔が笑った。


二人の動向を見守っていたエリは、タイミングを見計らい声を上げた。

「永遠は嫌かな〜」

エリは三度目の部屋で、〝気になる人〟を見つけていた。

イケメンがまばらに存在する町で、出会うたびに、彼らは媚を売るように迫ってくる。いわゆるナンパが始まるのだ。連絡先だけもらって、保留する。もっと多くの人を見て、その中から決めようと思っていた。だが、会う人会う人、だんだんと断る人が増えていった。好みではなかったのか、それとも慣れてしまったのか。薄れていく望みに、エリは焦りを感じ始めていた。

そして、一人だけ見つかった。

他の人と違ったのは、あからさまな好意を見せずに通りすぎたこと。その奇異な彼の後ろ姿に魅入られてしまったのだ。決して、華やかな部類にいる〝ザ・イケメン〟ではないものの、エリにとっては、どこか目を引く存在だった。

高宮が部屋に来た時、無断で入ってきた時も、意中の彼を、彼だけを、ただただ探し歩いていた。

　パンケーキを渡したい人がいる――。

　私しか知らない彼。私だけの特別な彼。

　永遠はつらい。その人が、自分が、いつか死ぬ運命にあり、生まれ変わったとしても、また〝探さなくてはならない〟から。


「なんかイケメンってそのうち飽きるのよ」

　小さく笑う彼女を先生は不思議そうに見つめた。

「それこそイケメンさんもエリさんと同じ人間です！　いつの時代も瞬間も、新しいイケメンが現れますよ！」

「いや～たぶん。うちには無理！　絶対に飽きる！」

　エリは小刻みに首を振った。

「でも、そしたらエリさんは何を望むんですか⁉」

「うちは」と開きかけた口を閉ざした。どこかもどかしそうに様子をうかがうエリに、先生はいつものように優しい顔を向ける。

　彼女もまた、それを待っていたかのように、口元を緩めた。

「うちは、元の世界でいいかな～。なんか永遠って緊張するのよ」

ここを創っている者、携わっている者に対する、せめてもの配慮だった。

「現実に戻っても、元の生活に戻るだけですよ？」

先生の問いにエリは小さく頷き、あざけるように笑った。

「むしろ、元の世界でうちが変わればいいのかなって。そのうち絶対みんな飽きるから、人に対して飽きない自分でありたい的な？」

「エリさんが変わると」

「うん。永遠じゃなくて、期間限定なら誰かを好きなままいられるかなって。あの世界って離婚多いでしょ？　親の二の舞になりたくないし」

先生は大きく頷いた。

今までの鬱憤を最後の一滴まで押し出すと、エリに自然と笑みが湧き出てきた。


「宙君はどうですか？　君も戻りたいって思いますか？」

「僕は、今のままでいいです」

「今のままでとは？　永遠を望まれますか？」

「はい。今の部屋でも過ごせるし。永遠にとか難しいことは考えてなくて、ただ嫌だったら自分で好きな世界にしようかなって」

彼らがここへ来た時、腕を組んでふんぞりかえっていた高宮。

誰かの意見に乗っかるように周りを気にしていたエリ。

オドオドとずっと下を向いていた宙、決して他人を寄せ付けなかった翔。

当時の面影が薄れていく。

「では、私の役目はこれで終わりです」


時が息を潜める。

「これで、先生はおしまいです」

時は動かない。ただ、時とともに永遠と止まることはできない。それが人間であり、自然である。教室に風が吹き込んだ。どこかから流れてくる風が、冷たく頬に触れる。

「いやいや。どういうこと？　まじでわかんないんだけど」

先生はニコッと笑った。

「今をもちまして、先生を卒業いたします」

一瞬ざわついた空気が再び静まりかえる。

「……。いやいや意味がわかんない！　えっ？　やめるの？　いなくなるの？」

急速に高まる鼓動とシンクロするように、胸ポケットからハンカチを取り出す。

「先生としてみなさんと過ごす日々は……とても感慨深く楽しかったです。でも、でも、もうこの関係は終わりです。一生忘れません」

「もう終わりって、先生いなくなるの？　なんで……」

エリの声がだんだんと小さくなっていく。

先生は、両手を広げ、目を閉じた。

エリのにじんでいく視界に、その姿が揺れていく。

「先生……」

一粒の雫が机にこぼれ落ちる。エリが濡れた顔を手で拭った時、教壇の上には、誰もいなかった。


「なんでよ、なんでよっ」

突然の別れ、悲しみが、痛烈に胸を締め付ける。

エリにとって唯一の寄り掛かれる場所だった。いつも優しく微笑みかけてくれる先生。見守ってくれる先生。そばにいてくれる先生。受け止めてくれる先生。登山から戻った時、先生の不在に一番不安を抱いたのは、まぎれもない彼女だった。

翔が机に伏せたエリの肩にそっと触れる。

エリはその手を払いのけた。

教壇に先生の姿がないその光景に、再び目を潤ませる。

「先生……」

今にも泣きだしたいところをなんとかこらえる。

「うしろ、うしろ」

翔の声につられて振り向こうとしたが、エリは何かを察するようすぐ向き直り、彼のすねを蹴った。

「いって‼」

「あんたねぇ。あんなところで叫べるわけないでしょ」

「ちげぇよ！　うしろだ、うしろ」

翔もまた涙をこぼした。

「何が違うのよ。どうせ、あのベランダで……」

憎っくきベランダへ向かうエリの力強い指が、柔らかいものにプニッとぶつかる。

「え……え、なんで……」

エリと宙の間ほんの一メートル。その間に何食わぬ顔で男が腰を下ろしていた。

「え、ちょっと。どういうこと⁉　ねぇ、先生！」

男は、間近からの甲高い声に身を引く。

「先生いるじゃん！　ねぇ、どういうこと？」

エリは追及するようさらに詰め寄る。私の涙を返せと言わんばかりに。

男は何も言わずニコッと笑う。

その瞬間、ドスッと鈍い音がした。ブチ切れたエリが男に蹴りを入れた。男は激痛からうずくまる。トラウマがよみがえったのか、二人は身体をもぞもぞさせた。

「てめぇ、マジ殺すよ」

足を振り子と化し、再び戻ってくる脅威に男は「まってまって」と必死に止めにかかる。

「エリさん！　いったん落ち着いてください、ほんとに。いったん落ち着きましょう」

エリは上げかけた足をトンと地面につける。

「嘘、ついたよね？」

静かな低い声が恐怖を誘う。

「とんでもない！　嘘ではないですよ！　ほんとに」

「じゃあ、なんでいるの？　さっき、おしまいって言ったよね？　ね？」

勢いに押されるよう、男は「はい」と小声で言った。

「だったら」

「もう先生ではありません。私は、もう先生ではありません」

「いやいや、先生じゃん。ねぇ？」

翔や宙にも強制的な同意を求めるよう、圧をかける。

しかし、男は顔色一つ変えず、首を振った。

「いえ、先生ではありません。私は、今から生徒。こっち側の人間です」

男はそう言うと、軽くこぶしをつくり、太ももの上にポンッと置いた。

その新入生を思わせるような動作に、生徒として溶け込もうとする気概がうかがえる。

「いやいや、意味わかんないから」

冷静さを失わないエリに、男はケロリとした表情で応戦する。

「いやいや、あなたは先生でしょ？　じゃあ、あなたは誰なの？」

「先生なんていないですよ！　エリさんが今度は先生やりますか？」

「はいっ⁉　先生やりますかって。うち教員免許持ってないよ！」

「そういう問題かよ」

翔は思わず突っ込みを入れた。正論と思える反応でも、今応えるべきものとしては見当はずれだと示した。

「教員免許ですか？　ここに教員免許なんていらないですよ？　名乗って、それに則《のっと》って行動するだけなので」

二人は口を閉ざした。

たしかなものに納得させられたのではなく、ただ迷い込んでしまった。

当たり前という形は、安心して寄り掛かることができる。

なぜなら、それが当たり前だから。コロコロと意見を変える人間という生き物よりは、まったくもって〝信頼〟できる代物だ。

だが、何かに寄り掛かって生きていたとしても、それを掘り進めていくと、すべてが偶然による解釈という浮遊するものにぶち当たる。形あるものの底には、無の深淵が待ち構えている。自らの下には、今にものみ込まんとする奈落。

たいていはそれに気づかず、当たり前や正解、常識を手にした後、人々は目を閉じるのだ。

そして、いつしか抗えないものにまで膨れ上がる。

ただそれも、永遠には続かない。

「先生って、役だったんですか？」

「おぉ！　さすが！　宙君、察しが良いですね」

男は声を潜めていた者を歓迎するように笑顔を見せる。エリは二人を交互に見た。

「私はただ、ここで先生だと言っただけです。別に免許なんて持ってないですし、正直みなさんと同じ生徒でもよかった。なんなら最初に誰かを指名して、先生をやってもらうこともできました」

「いや、だって、先生って……」

「はい。さっきまでは」

「じゃあ、あなたはだれ？」

「私です」

「名前は？」

「決めてないです」

エリは整っていた髪をかきむしり、ぐしゃぐしゃに乱した。

「ちょっと翔、あんたもなんか言いなさいよ！」

翔は勢いのまま伸びてきたエリの足をサラリとかわし、少ししてからポンと手を叩いた。

「あなたの名前は、今から……先生です！」

すると、男がふふっと笑った。

「わかりました。私の名前は、先生にします。どうぞよろしくお願い申し上げます」

よろしくと、翔は凛として歓迎した。

エリは我慢できずに「だまれっ!!」と声をあげた。


誰かに生まれ変わる。

先生と生徒の関係性。二者をつなぐ間柄。

普遍的に思えるその関係、先生と生徒という学校上の関係は、そこから旅立ってもなお、ずっと続いていく。先生は、いつ会っても先生でいてくれる。

しかし、それも現実世界でのことだ。ここでは、ただの役でしかない。ただの役柄。不安定な関係。だが同時に、失ったものも再び与えれば、形は違っても関係性が現れる。

「エリさん、エリさんは初めの頃、誰かに生まれ変わりはしませんでしたか？」

エリは乱れた髪に、姿を隠すよう縮こまっている。

「おそらく他のみなさんも自分以外の誰かの役を演じたと思います。翔君は誰の役を演じましたか？」

先生は前かがみになり、翔と顔を合わせる。

「誰って……まぁ、クリスティアーノ・ロナウドになったけど。懐かしいな」

「いや、あんたはずっと翔じゃん」

エリが隙間から顔をのぞかせた。

「あん？　俺はここでは翔だけど、一回ロナウドにもなったぜ！」

あたかも当然のようにしゃべる翔を見て、エリは疑いの目を自らに向ける。

一回目、二回目。ゆっくりとその面影を探していく。しかし、冷静に記憶をたどれるほどの余裕はなかった。

沈静が訪れる。

深淵なる森の中を歩く者たち。各々の真美を探し求めている。迷い込んでしまったのか、はたまた自然に還ったのか。

一人の者が何かに気づき、しゃがみ込む。一つ一つの歯車を集めていく。そこに最後のピースを見つけたかのように。悟りを開かんとする翔が姿を現した。

「だから先生は先生なんだね」

誰にも権威を認めんとする、神聖で繊細な森、静かに耳をそばだてている。

遠くから、ザッザッと乱雑に足を踏み入れる気配がした。

「あんた、ほんとにわかってんの？」

エリの落ち着き冷めた声は、心地よく触れる風を急速に冷やしていく。

「先生は、先生だろ」

「だから？」

とすぐさま詰め寄る。

「いや、だから！　そのあくまで先生は役で」

「それで？」

「それで、だから先生は……。役……」

他に音が存在しない教室。言葉を止めると、翔は口角をキュッと上げ、しわくちゃな笑顔を向けた。可愛い、可愛い赤ん坊のようだ。すべてを許してしまいそうな。

ただ、ここで目を閉じるのは、〝あれ〟がやってきても気づかない、無謀な行為だった。

この教室では、もう何度も響き渡った背筋の凍る音。

しばらくの間、恐怖の沈黙が訪れていた。


「先生って今、何人目の役を演じているんですか?」

宙の発せられる言葉に、エリは笑うしかなかった。

「今は……、何人目ですかね」

先生は考えるよう下を向き、一桁、二桁とブツブツ呟いた。

思考の深淵なる旅。

一つの人生を語るならば少し昔とは、十年、二十年、はたまた五十年ほど前を思い出す。

今、この身体の少し前を。

ただ、その人生が複数存在する。それが二桁までいくのならば、記憶も気憶になり代わるのであろう。

「もう無理！　つまり先生って何者なんですか？？」

エリは厳しい表情で問い詰める。

「つまり何者って。何者でもないですよ……」

「あぁ!!　もうわけわからんっ！」

エリは机をガシッとつかみ、ガタガタと激しく揺らした。

その横で、先生は天井を見つめていた。

「何度か同じ人をやり直したりもしたので、おそらく二桁だと思います。役柄で言うと十人目というところでしょうか」

「役柄って何よ、役柄って」

「役柄は役柄です。仮小屋みたいなものですよ、仮の居場所」

エリは赤子のように机をバンバンと叩き、消化できずにいる感情をぶつけ、また机に突っ伏した。

「先生はなんでそんなに生きられるんですか？　かなり長い間生きてますが、そんなに望む世界が理想的なものなんですか？」

澄んだ水面に雫が滴り落ちる。

「私は」と先生が口を開く。

水面に落ちた雫から波紋がゆっくり広がっていく。

「ずっと探し続けています」

エリがその言葉に誘われるようにガバッと起き上がる。

「探し続けてるって。あんたもう何年、何百年よ?」

何千年と小さく上書きされた。エリは宙に潤いの目を向ける。

「計算できなくて悪かったわね‼」

エリは再び海の中へ潜っていく。

その後も、ひょこっと顔を出しては、潜る。

その繰り返しを生きた。

「先生ですって言ったら、みなさんはそれ相応の反応をしていただきました。最初は疑われましたが、そのうち先生って呼んでくれました」

先生は過去を懐かしむようにささやく。

「だって、先生だって言うから」

エリはすねた生徒を演じた。相手が何者で、私が何者。築かれていく関係性が自らの居場所を確立していく。私とあなた。二人の邂逅が唯一無二へ。最初の言葉は、初めまして。

再び、笑った。目の前の無限にのみ込まれていくような、誰にも届かない声が生まれ、消滅した。

エリはかすかに動く先生の口元に、その声を探すよう耳を傾けた。

「私には、これがある」

「はいっ？」

「私には毎回、生徒がいるんです。君たちみたいな可愛い生徒がいるんです」

「か、可愛いって、そんな」

エリの両手で頬を冷ますしぐさを見た翔は、「もう突っ込まねぇぞ」とあきれるように言った。

「突っ込むって何よっ！　別にボケてないし」

勢いに任せて足を振り回すも、翔にいとも簡単に外されてしまう。


「君たち、生徒たちがいてくれるから、私は先生としてここにいられるんです」

先生は生徒の名前を一人ずつ呼んだ。

最後は、ベランダにいる高宮の名を。何かを想うようなまなざしで。

「でも、もう先生じゃないんですよね？」

エリの何かにすがるような声も、先生の優しい笑顔にすべてがのみ込まれてしまう。

「私はもう先生ではありません。あなたたちを見て、もう必要ないかなって」

「えっ。なんか急に寂しくなってきたんだけど。なんかもう卒業みたいじゃん！」

「はい。本当に寂しいです。毎回特別な時を過ごさせていただいております。ありがとうございました」

エリが言った〝卒業〟という言葉に応えるように、先生はハンカチで目元を拭う。

声にならない声がこぼれる。

「お前まじなんなんだよ……忙しいな」

翔もまた、その雰囲気にのまれるよう小さく呟いた。

先生は表情をキュッと締め、エリの名を強く呼んだ。

「まだ数回は会えます。あと、ここにいれば永遠です」

「先生……」

エリは崩れ落ちそうな自分を必死にこらえ、唇を震わせながらも、力強く応えてみせた。

二人の様子を見ていた翔は、どこか腑に落ちない様子で言葉を拾った。

「ってかさ、ここにいれば永遠じゃね」

「永遠?」

とエリは数時間後には少し腫れていそうな目をこする。

「ここにいれば、永遠なんだろ?」

「永遠? えいえん、永遠は嫌だー!!」

「まだ君たちにはやってもらわなければならないことが、残っています！」

エリはグズッと鼻をすする。

「君たちはもう自分で決められたものがありますが、まだ決まってない方もいます」

先生はひそかにベランダをのぞく。

三人はその視線を追っていき、辿りついた先には高宮の姿があった。


「高宮はたしか、仕事だっけ？　そうそう、なんで仕事なんだっけ？」

「あいつ永遠に仕事するつもりかよ……気持ち悪い」

翔はボソッと出てしまった声に、少しだけ後悔した。

「翔君！　人それぞれですよ！」

定石通りの反応に、翔は「はいはい」といたずらに吐き捨てた。

「どうもすみません。先生！」

「あっ！　先生って言えば許されると思っているんですか？」

先生はため息をつきながら、かぶりを振った。

「まったく困った生徒だ」

「喜んでんじゃん！」

からかわれた者は、頬を少しだけ染めた。

賑やかな教室も、いずれ終わりが来る。この瞬間を切り取って、何度も繰り返す。永遠と歴史が同じことを繰り返したとしても、感情を持つ人間には耐えられない。太陽のように、毎日毎日、飽きもせず登り続けることができたら。

「高宮君が望んだのって、何かをやりたいではなく、何かになりたいだったんですね」

「何かになりたい」

翔は自身と重ねるように、かつての夢を巡らせた。世界一になりたい。

「何かになりたい。自分がここにいることを気づいてほしかった。何かになる、世の中の指し示す形を手に入れれば、誰かに見てもらえる。誰かに褒めてもらえる。誰かに認識してもらえる」

「気づいてほしいから社長に？」

エリが問いかける。

「もちろんそれだけではないですよ！　何かきっかけがあると思います」

エリは「きっかけ」と繰り返し、再びベランダの方を見た。

「彼はずっと、ただ誰かに受け止めてもらいたかっただけ。ずっと一人で生きてきたんです」

現実世界なら、それでよかった。

良いものだと世間で言われれば、いち早くそれをかぎつけ、自分のものにする。いつしか、人が遠くなり、声だけが近くなる。学歴社会が謳われ、それに適応してきたものが笑った。

高宮もその流れに乗らされた。親に言われ、それに適応することで、多くの称賛を得てきた。先生や友人が褒めてくれた。でもそれも学生のうちまでだった。言われたこと以上のこともやってきた。しかし、それでも世界は広かった。それでも、必死に走り続けた。

走って、走って、走った。

走り続けた先、ここにたどり着いた。可能性は無限に広がり、すべてになることができた。いつしか世界の残酷さを突きつけられ、いつしかすべてを手に入れることができた。

世界が急激に縮まり、そして、消えた。

望んだ承認も、歓声も、すべて。夢が幻想として。

そしてただの紙切れとなった。


「えっ。あいつ親とか……」

声のトーンをグッと下げたエリに、先生は首を横に振る。

「両親は健在だそうですよ！　安心してください」

ほっと胸をなでおろし、椅子の背にもたれかかる。

「唯一無条件で受け止めてくれるはずの家族には、彼はあまり受け止めてもらえなかったのでしょう。何かと現状に満足するなって言われていたそうです。厳しいですよね」

「満足するなってどういうこと?」

「満足するなって、常に上を目指せってことだ」

エリはその声に後ろを振り返り、目を凝らして翔を見た。

「あんた、本当にわかってるの?」

「お前なぁ」

翔はいら立ちをみせた。

「スポーツでは結構当たり前な考えだぞ。今に満足したらおしまいだって。上手くなれないって。だから俺もずっと仲間に言ってきた」

「えっ? じゃあ別にいいんじゃないの? だって、翔は上手くなりたくて、高宮は社長になるためなんでしょ?」

曇りのない目で見つめてくるエリに、翔の中に割り切れない想いが浮かび上がる。

形あるものは、いつか必ず手放す日がくる。奪われるならいい。信じてきたものを自ら手放すほど、つらいことはない。

「それも永遠ではきつい。毎日毎日そんなこと言い続けたら、仲間が離れていく」

エリは少し前の記憶が引っかかった。

〝謝りたい〟。理由はどうであれ、謝ろうとした。

自らの世界に入っていく翔に、エリはやましさを覚えた。

「高宮は大富豪とか社長以外にやりたいことってないのかな？」

そう言って強引に話題を変えようとするものの、その先にも変わらずただ外を眺めている彼の姿があった。


先生もまた彼を見ていた。

「高宮君には、とくに難しいですね」

「なんでですか？」

とすかさずエリが問いかける。

「高宮君は、多くの物事に意味がないと思っています。誰かの求めているものが無意味だと感じているんです」

「あ、たしかに！　うち否定された！　まぁ今思えば、たしかにって思うけど」

エリは恥ずかしそうにした。


「なるほど。だからあいつ」

いくつかの瞬間を遡って思い出していく。

「いや、なんかおかしかったんだよ！　あいつがなんでお前の部屋に行ったのか。いつも忙しいだの言ってたやつが、なんで無断で行ったのか、呼ばれてもないのに」

「たしかに！　勝手に来やがったし！」

怒りの矛先をベランダへと向ける。タイミング良く目が合ってしまった。

高宮はそのおぞましい危機からそっと目をそらす。

「もうあの頃から少しずつ気づいていたんですね、彼は」


無意味に思えることをやり続ける。大義名分がなくなった後、何が残されるのだろうか。大義名分が未だ残されている今、それを手にし、振りかざし、声高らかにほえる。見つけた者、身に纏った者、一人生を謳歌できるのだろう。

だが、今ここに、生きている。偶然、ここに生まれた。

誰もが、ありのままの自分を生きられるのだろうか。愛せるのだろうか。

世の中が指し示すモノを、幻想を、手に入れなければ、無力となり、道を見失う。〝人々のため〟という大義名分のもと、コントロールしようとする。今を生きる者たち、人間と名を付けられた者たちは、幻想を失った時、ここが無の上に成り立つ仮小屋であったことを思い知らされる。


「これ、あいつに渡そうと思ってたのよね」

エリが机の中から平たい箱を出してきた。

「あ、さっきの！　高宮君のだったんですね」

エリがここへ戻って来た時、手には紙袋を下げていた。ただ、自らの姿でそれを隠すようにしていたため、それについて尋ねることはしなかった。

「ち、違うわよ！　あいつの分だけじゃなくて、みんなにも。ほら」

エリは顔を赤らめた。高宮のため。高宮が好んでいたから。高宮のため。複雑に絡まり合う想いが手に汗を握らせる。ガチャガチャとこねくり回した。

開け放たれた箱の中には、丸い形で金色のパンケーキが入っていた。

時が進んでいたのか、すっかり蜃気楼は消えている。

少しだけ感じていた。あの部屋を出る頃には、おそらく冷め切っていた。望んでも望んでも、ここへつながる〝ドア〟は出てこなかった。ただ少しだけ期待もしていた。

箱を閉めた、あの時を永遠に。

それでも、ほんのりと香るものが、少しだけ気持ちを和らげてくれた。

「おぉ〜美味しそう！　とても美味しそうですね！」

先生が声を上げた。

「あいつが食べたがってたから、しょうがないからつくってやったの！　それなのに、まだあんなところにいる」

エリはぶつぶつ言いながら、箱を閉じる。

彼らの周りにはパンケーキの甘い香りが漂い、食欲を刺激した。

「何よ。あいつが戻って来てからでしょ、普通」

正論という鎖でつながれた獣たちは、自分の席に戻り、その時をじっと待った。

彼らからすれば、容赦がないのにもほどがある、すべてを奪われた気分だった。目の前にエサを用意され、見せられてから、取り上げられる。なかなかの地獄絵図だ。ただただ食欲を掻き立てられただけ。


三人はソワソワとベランダを見るが、対象に動く気配はない。

それに耐えかねた一番旺盛な者は、なんとか正気を取り戻そうと強引に意識をそらした。

「で、でも、正直なところ、意図的に見つけるなんて難しいですよ。翔君はわかると思いますが、最初は誰かに誘われてやったとか、楽しかったとかで何かを始める人が多いんです。あとは、親がサッカー好きだったとか」

「そうですね」

と言って翔が口元を拭う。

「俺も親がサッカー好きで、小さい頃よく海外サッカー見てたから」

「あぁ、そういうことね。だからあんなに興奮してたのね」

二人はいつしかの面影を追った。

「まぁ、そんなとこだ」

「好きなこととかやりたいことって、純粋に心から。あとは続けていくうちに思い通りに動けるようになったりして、見つかっていくんだと思っています。ですが、高宮君にはそれがない。おそらく言われた通りに動いてきたから」

「でもそれもすごいと思うけどな。だって、やりたくないことなんて、そもそもやりたくないし、誰かに言われて好きになることもないし」

いつの間にか、翔の口から〝勝利〟の二文字が消えていた。

一点の曇りもない、自然と出てきた〝好き〟。その言葉は、彼がここで手にした純粋そのものであった。

好きだから、サッカーを始め、続けている、と。

満たされる心は、どこか遠くを見つめていた。

翔がここに来て、変わったもの。なぜ、謝るのか。奪ってしまった事実。

好きという純粋な気持ち。初心には、いつもそれがある。

〝勝利〟という二文字において、いつの間にか〝好き〟を覆い隠してしまっていた。自他ともに。それを仲間という他人ではなく、自らの反省と認めた何よりの証拠だった。

耐えればいい、無視すればいい。そんな強い人間だったら、こんなに苦しむことはなかっただろう。ただあの時は、一方的に奪ってしまったのだ。

強者が笑う世界ではなく、誰もが笑える世へ。


「共生する世界は、そう簡単なことではないんです。世の中に自分好みの風を吹かせれば、追い風となり、速く走れる。しかし、向かい風を受ける者が必ずいる。向かい風の中で歩き続けるのは辛いです。反対側を向けば楽にはなるんですが」

「ってことは、むしろあいつはずっと追い風にいたんじゃないの？　だって、最初あんなに生き生きしてたし、めっちゃうざかったし！」

エリが言った。

「はい。彼は強烈な追い風の中にいたと思われます。でも、それがこの世界では無風となり、今まで通りに走ることができなくなった。世が起こした風に乗っかっていただけですから」

言葉に力がこもってきた時、ベランダのドアがガラッと音を立てた。

先生の部屋

「お、おいっ！！！　おい！　やばい、やばいって！！！」

高宮が血相を変えて室内へ飛び込んでくる。

「なんだよ！　びっくりさせんな!!」

「いや、まじヤバいんだって。やばいやばい!!」

息つぎのタイミングを見失うほどに呼吸が乱れている。ふだんの彼とは思えない形相に緊張が走る。

「なんなんだよ。落ち着けって」

「まじ、うっざいんだけど。おどかさないでくれる？」

なさけ容赦ない言葉に、たまらず確実な安全策へと向かう。

「いや、先生！　先生!!　ちょっと来てくれよ！　なんか変なやつが!!」

先生は一度、名無しの者となった。先生という役を辞めると宣言したために。ただ、翔のファインプレーにより、再び先生と名を与えられていた。

そんなことを知る由もなく、助けを求めた。

「変なやつって、もともといたじゃん。もういいから閉めてよ」

「いいからっ！！！」

あの頃のいたずらな笑顔は、姉弟関係はすっかり消えている。

「どうしたんですか」

と先生が歩み寄る。その後を翔が続いた。


「ほら、ほらっ！！！」

ベランダと教室を隔てる敷居をまたぎ、必死に訴えている。

翔はだんだんと興味が湧いてきたのか、先生の横から抜けてきた。

「なんだよ、なんもいねぇじゃん」

ベランダの下をのぞいた。そこには誰もいなかった。いつもの彼らも。翔はまだ一度も見ていなかった。誰かがいることは、エリや高宮の反応からうすうす感づいていた。

ただ、このただならぬ危機に、誘われてしまったのだ。

「うひゃ〜、まじこえ〜。おれ高所恐怖症なんだよね」

翔は震える声とともに、その場にしゃがみ込む。

その様子を見ていたエリは、情けないと鼻で笑った。

「あんた、だからベランダに出なかったわけね」

「うっせぇ、怖いもんは怖いんだ！」

翔は膝を抱えて縮こまる。

「地に足がついてなきゃ無理なんだよっ」

高宮は二人のやりとりにじっとしていられず、すぐさま割って入る。

「違うっ!!　うえ、上っ！！！」

「はぁ？　上って？　う、うわぁぁぁぁぁぁぁ」

叫び声とともに、翔は勢いよく尻もちをついた。


「やべぇぇぇぇぇぇ」

外に広がる木々もまた、その声に共鳴するかのように揺れた。開け放たれた教室の隅々まで行き渡る悲鳴に、当時の記憶が遡ってくる。

「ヤバいんだって！　お前も来いよっ！」

「嫌よ、私はそんなところに出ないって決めたの！」

頑なに拒む彼女に対し、高宮がひるむ様子はない。

「上にいるんだって、上に！　人が!!」

「まじむり！　絶対に行かない！」

激しい攻防が繰り広げられるさなか、翔はすっかり腰が抜けてしまっていた。

「ヤバい、ヤバいって、今までずっと見られてた。やばい、やばい。殺されるぞ」

逃げるにも逃げられない翔に、高宮は肩を貸しなんとか起こそうとした。

そこへ、先生がやってきた。

「高宮君、翔君、大丈夫ですよ。彼もただこっちを見ているだけです。下にいた人たちも、私たちのことを同じように思っていたかもしれませんよ？」

平然と上を見つめる先生の姿に、翔と高宮はシンクロするように首を振った。

「狂ってる」

先生は笑った。

「私はここにずっといるんですよ？　上に人がいることぐらい知っていますよ！」

「えっ？？　ちょっとまってよ！　先生、上に人がいるの知ってたの？？」

二人はあっけにとられ、開いた口が塞がらずにいる。

「未知の瞬間ではあるので、彼らのことは知らないですが。でもそれこそ前は、下にいる彼らと一緒にいたこともありますし」

「えっ⁉　先生、下にもいたことあんの？？」

想像もしなかった先生の言葉に翔は耳を疑った。

「あ、言わなかったでしたっけ？」

「言ってねぇよ!!　早く言えよ、それ!!」


「どんどん高くなってきますね」

先生はベランダから下をのぞき、独り言のようにつぶやいた。先生たちがいる位置から地面に至るまで、いくつもの教室が重なるようにして所在していた。

「最初は地に足がついていましたから。あの頃は自由でしたよ。なんでもどこへでも行けた」

先生は〝あの頃〟を懐かしむように、どこまでも続く地を眺めた。深い息を吐いてから、「でも」と小さく呟き、続けた。

「でもそのうち、急に校舎が建てられて、押し込められた」

「それはいつ頃なんですか?」

支え合う高宮と翔の後ろに、いつの間にか宙が立っていた。

「さぁ、結構前ですからね」

先生は再び外へ目を向けて、黄昏れた。

「本当にあの頃が懐かしい。あの頃は、どれだけみんなが純粋でいられたか」

宙は何も言わず先生の横に並んだ。

下には誰もいない。静けさに包まれている。宙もまた、彼らの姿を見ていなかった。

そっと視線を上げた。

小学生、もしくは中学生ぐらいだろうか。男の子がこちらをのぞいている。

過去か未来か。その解釈が存在しない一つの瞬間なのか。

どちらにせよ、互いが危険をかえりみず身を乗り出せば、触れられる距離にいた。

先生は何かを考えるように、黙り込む。

「そういえば、一度だけ、未来に一度だけ……」

先生の視界の端に翔の姿が現れた。

「ヒィ～。やっぱ慣れねぇよ、この高さ。まじ低いところにはいけないのかよ」

「どんどん高くなるでしょう。このままだと」

先生も同じように下をのぞいた。

「なんでだよ。まじこれ以上高くなったら、死ぬ……」

翔はそそくさと逃げるように室内へ戻った。

「中に入りませんか？　ちょうど、エリさんのパンケーキを食べるところでして！　高宮君のためらしいですよ」

残された三人も続いた。

視線の先には、まだ少年がじっとこちらを見ていた。

「神様は優しいんです。意識を持つ私たち人間に、永遠ではなく期間限定という制限を課してくれた。愛情ですね」

「期間限定って聞こえはいいけど、要するに死ぬってことでしょ？」

エリが訊く。

「死ぬのは嫌ですか？」

「いやいや、普通に嫌でしょ」

「永遠は？」

「永遠も嫌」

「じゃあ、死にたい時に死ぬ。それが幸せですね」

先生はエリに優しく語りかける。

「俺は嫌だな」

高宮が切り出した。

「だって、積み上げたものが死ぬことで全部崩れるんだから！　せっかく頑張って努力したのに、それはあんまり」

高宮は複雑な感情を交えず、淡々とその瞬間を生きた。

死によって、すべてが無に還る。何もない状態に戻る。どれだけ努力しようが、どれだけの地位に上り詰めようが、思い出として霧散し、消え失せる。

だからこそ、幻想という形が創られる現代は、とても危険なのだ。互いの共通認識たるもの、数字や実績、名声までも。たしかな実感のあるもの。形という生き甲斐を与えられ、自らの道を見失っていく。形とはまとうものであり、ありのままの姿から遠ざかる。なぜ、それを追い求めるのか。

それは、ここに生まれてきた偶然という不安定さ、恐れを覆い隠すためなのだ。そして、それを命を懸けて奪い合うものにまで〝発展〟させてしまった。

「積み上げたことも、ここでは意味を持たない。違う誰かに生まれ変わったとしても、その人が生きてきた過去は変えられない。記憶は残るが、能力はその人が培ってきたもの。記憶があってもそれをどう活かすかは、その後の人生で決めていくしかない」

努力で必然までレールが敷かれてしまったのなら、それが自明のもとにさらされるのなら、運命は無限に繰り返される〝苦〟として受け取られる。

世の中の当たり前、必然、そんなものをつくってしまった暁には、多くの人生が耐えきれず、自らを絶つのだろう。

どのような憧憬も失っていく。

すべてのものに驚異を見出し、すべてのものに意味を持たせる。さすれば、どのような人に生まれ変わろうとも魅力的な人生を送れるだろう。

＊

「お前、山を燃やしただろ」

「あ、あれはたしかに燃やしたけど、燃やしたけど。怖かったから燃やしたんじゃない！　そんなんじゃない！」

高宮はいずれ訪れる山での会話。来るとわかっていても触れたくない、口にしたくない、消したい過去がある。

「お前、あのあと何が起きたか知ってんのか？」

「知らねぇよ！　そんなの知らねぇよ！　こっちはそれどころじゃ……」

「あのあと、あそこにいたほとんどの人がいなくなった」

静かな声が教室の隅々まで届く。まるで教室全体がコソコソと話すかのように。

「いなくなった？？　なんで！」

「そんなの知らねぇよ」

翔は苦々しい表情を浮かべた。

「みんな喜んでたのに、いつの間にか消えた」

山に火が灯ったこと。翔は高宮とはぐれた後、ロナウジーニョと出逢い、楽しそうに踊ったこと。そのうち辺りがざわつき始め、林立の隙間から燃え上がる山が見えた。ロナウジーニョがノーエンジョイと何度も呟いていた。絶望の表情を浮かべる憧れの者を前にして、立ち尽くすことしかできなかった。少し前まで魅せていた無邪気な顔は見る影もなく消えていた。

賑やかな祭りを壊してしまった。そのままにしておくことができなかった。そこから多くの者がいなくなり、仮面だけが不気味に落ちていた。残ったのは、もともと仮面をつけていなかった翔とロナウジーニョ、そしてもう一人いた。


「え、それってなんか変なババァじゃなかったか？　こんくらいの」

「わからない。少し遠かったから。でもじっと動かなかった」

「絶対あのババァだ」

「知ってんのか？」

「知ってるも何も。あいつは」

「あいつは？」

「あいつは、なんか。なんというか、その」

「なんだよ、ハッキリ言えよ」

歯がゆさを残す翔に、高宮は記憶を呼び起こしたことを後悔した。思い出したくない、あいつ。あの悪夢。ましてや、あいつと交わした約束も、苦い記憶だ。

「あいつは、あの山に近づくなって、言ってた」

「お前、言葉わかったのか？？」

「わかるも何も、あいつ日本語だったんだ！」

「まじかよ」

「まじなんだよ。あいつ急に現れやがって。近づくなって。意味わかんねぇよ」

あいつ、あいつ、あいつ、あいつ、あいつ。あいつ――山に火を灯すなと忠告してきた老婆の姿が鮮明になっていく。

「それで、燃やしたと」

「いや、だからそれは」


声を失くした高宮に、先生が手を差し伸べる。

「私が驚かせたのでしたっけ」

過去を見つめる重たい顔を上げ、高宮の口元が動く。

「そ、そう。先生があんな場所にいたから――」

あの時、高宮は不気味な老婆の横を駆け抜け、山道に出た。仮面をつけた者は前より少しだけ減ったように思えた。以前のように適当な足場を見つけ、その上に立った。

仮面をつけた彼らは高宮には見向きもせず、ただ障害物を避けるように通りすぎた。あの頃の仮面を探したが見つからなかった。

居心地が悪くなった高宮は、身を隠すように茂みを歩き、やがて向かい側の山にたどり着いた。

うめき声のような幻聴に身を震わせながらも、一つ一つ小さな灯りを灯していった。彼らのようにそこに落ちている木々を利用して。スプレーはすでに空となっており、手持ちの心もとない着火ライターで灯した。一つ一つ丁寧に、数十個ほどつけた時だった。

一つの灯りが生まれ、それに照らされるように足が映った。

いつの間にかその作業に夢中になっており、先に人がいるなんて気づきもしなかった。ましてやこんなところに。

跳ね上がるように転がり落ちる。緩やかな道だったのが幸い、なんとか踏ん張り地面にしがみついた。顔を上げた時、そこに見覚えのある姿があった。それが先生であったことは、後のこの部屋で確証がとれた。あの時、宙を探し歩いていたと。ただほんの少し気がかりなのは、先生の表情だった。あの時高宮は、先生から人間とは思えない生き物を感じた。

転がり落ちた衝撃でいくつかの火が散り、木々に燃え広がった。立て続けに起こる現象に身体が追いつかず、駆け下りた。

「先生がおどかしたんだ！　もとはといえばこいつのせい」

「え、先生のせいにするんですか？？」

「当たり前じゃん！　だって、あそこに先生がいなきゃ、山が燃えることなんてなかったし」

あくまでも先生がいたからと主張し、話の抜け道を探した。

だが、それに対して誰も反応することがないことが、かえって高宮を気まずくさせてしまう。

「ぼ、僕はただ、みんなのために灯りをつけようとしただけだ。それこそ、翔も最初は一緒につけてたぞ！」

集まった皆の視線に背筋が伸び、引け目を感じながらも居住まいを正した。

「でも最初だけだぞ？　俺らのあとに先生たちが歩くと思ったから」

「…………」

「そうそう！　僕らはみんなのために、灯りをつけたんだ！　暗い中歩くの嫌だしな、あの山も不気味で暗かったから結果オーライだろっ！」

再び翔を巻き込もうとするが、簡単に払いのけられる。

「だからって、燃やすのはヤバいだろ」

どうしても、忘れられない悲劇だった。

山が燃えていた。

一瞬、見とれるほどの壮大な景色だったが、時間が経つにつれ、ことの大きさに息をのむことしかできなかった。歓喜から悲鳴へと。盛大から静寂へと移り変わっていく。

それに加担したかと問われれば、完全否定することはできない。

元はと言えば、最初に灯りを灯そうと提案したのだから。火をつける道具を〝燃やせる〟道具を見つけてしまったのだから。

山一つに灯りを灯すのは、大変なことだろう。

ましてや、一人でつけようとしていた。足を踏み入れたことは、英雄にも思えてしまう。あの不気味な山だから。

大きな理想を抱き、小さな一歩を踏み出す。そんなことは、言われてできるものではない。

ただ、結果的に、山を燃やしてしまったのだ。

「山を燃やしてしまった事実は消えません。しかし、そのうち山を再生する方々が現れるでしょう。世界の危機ですから。その時代もまた、それが生き甲斐、山が再生していく驚異として残るのでしょう」

先生はゆっくりと教壇から降り、歩き出した。

「ただ、その緊張状態がいつまで続くかわからない。時代に流されず向かい風を受けながらも、信念を貫き通す英雄が必要ですから。君たちに考えていただきたい。山を燃やさずに誰もが生きていける世界を」

先生が教室を後にし、残された四人。先生のいない教室は二回目。ただ前回とは状況が異なっていた。

「なぁ、どうするよ」

「どうするって？」

「いやだから、先生から宿題みたいの出されたし、考えなきゃいけないんじゃないの？」

「俺は、無理だと思う」

二人の会話に翔が言葉を挟む。

「だって、こいつみたいなやつがいつか燃やすぞ。ブルーオーシャンだって言ってたし。要するにあれだろ？　未知なる場所があるかも的なやつ」

高宮が表情を歪める横で「そんなことない」とエリが言った。

再び音がなくなった教室に高宮が応える。

「そんなことしねぇよ。そのうちつまらなくなる」

言葉が浮かび上がるたび、そこに生命が生まれる。そして、再び止む。

四人が過ごしてきた〝現実〟とここでの〝現実〟。どこかで誰かが息をしていた。ここは四人だけ。ただただ、動と静の繰り返しを生きている。

「少し思ったんだけど、先生が言ってた役柄ってやつ？　なんか妙にしっくりきたんだよね」

翔の言葉にエリが問う。そこにはもう以前までの蔑みの目は存在しなかった。

純粋。

「先生が先生はただの役だって言ってただろ？　結局、この世界では俺らもただの役なのかなって。無数にある中の一役なのかなって。俺はお前らにもなれて、小さい頃の自分にもなれる」


もう一度、何度でも、やり直せる。正真正銘の過去に戻る。

そして同時に、未来にもいける。

どんな自分になって、誰と結婚して、どう過ごしているのか。

ただ、それが自明のもと、見えてしまったのなら。

努力への憧憬も、未来への憧憬も崩れていくのだろう。

「でもだからこそ、今の自分を大事にって思えた」

四人は、先生の部屋に入っていた。

与えられた課題に対する答えを求めて。

高宮が以前、教室の中に入ることを躊躇していた時、先生を殺《あや》めてしまった可能性があった、あの時。灰色の世界、廊下を歩いていた。自分の心を落ち着かせるために。

廊下に整然と並ぶ四つのドア。あの理想へと繋がるドア。そこから逸脱して、少し離れた場所に隠れるように存在していた、もう一つの部屋。それが先生の部屋、〝理想郷〟だということに根拠のない確信があった。

そして、各々が驚異を与えられ、魅せられた理想郷によって、のみこまれた。

＊

「魔物を恐ろしいと思ったら、その瞬間に王子さまはいなくなります。けれども王子さまが魔物に驚かなかったら、その瞬間におとぎ話もなくなります。驚き、恐れながらも立ち向かい続ける限り、この物語は続くのであった」

絵本を読み聞かせていた先生は、そう言ってパタンと絵本を閉じる。

「先生！　おうじさまは、ずっとおうじさまよ！」

顔を赤らめながらも強く訴える女の子のその目には、たしかなものがあった。

その子は、この界隈で、一番セントラルの近くに住む。仲睦まじい家族がいる。まだ保育園児なのに、恋愛への興味がどの子よりも強い。セントラルについても、友達によく話をしている。あいにく、他の子どもたちはその意味を理解していないようだった。

先生は優しい笑みを浮かべ、そっとしゃがみ込む。

「人を好きでい続けてね」

女の子はあからさまに嫌な顔をする。

「そんなんだから、いつまでも独身なのよ」

ポツリとこぼされたその言葉に女性の先生は顔を歪めるが、それも許すように頭をなでる。

「永遠に人を愛することはできない。王子様はね、魔物と戦い続けるの。ずっと追い続けるのも、大切かもね」

女の子は頭に置かれた手を払いのけ、ブツブツと言いながらその場を去っていった。

今日もまた、男の子たちへの品定めが始まるのであった。

＊

「ありがとうございました」

サッカーの試合が終わり、互いのベンチへ挨拶をする。

観客を含め、ベンチにいる選手たちが健闘をたたえる。

試合を終えて顔を上げた彼らの表情はどこか曇っていた。それは、負かした相手を気遣ってのものではない。ベクトルが他を向いている。引き上げようとする彼らを監督らしき人物が引き留める。

「君たちは、勝ったのになんで喜ばないんだ」

尻込みをしている彼らの中から、腕にキャプテンマークを巻いた者が前に出た。

「俺らは日本一を目指しているんで」

「日本一……」

言葉を失っていく者に一礼し、再び走り去ろうとした。

「その先に何があるんだ」

他の選手が戻っていく中で、少年が一人だけ立ち止まった。小学生には似合わない鋭い眼光を向ける。監督は、少年に問いかけた。

「負けたら恥か？　勝ったら誇れるか？　サッカーってそんなつまらないものなのか？」

「負けたあんたらに何も言う資格なんかねえ」

「負けるのが怖いのか？」

「負けたら何も残らねえだろ。勝ち続けんだよ」

緊迫する雰囲気が周りの音を消していく。

「君は、サッカーを自分のものにしようとしている。自分の思い通りにいくように、仲間を動かしている。委縮させている」

威圧されながらも、相手のベンチを見つめる。

「君に彼らがどう映る。君が率いるチームとうちの選手たち。どう映る？」

少年は冷ややかに笑った。

「お前らの選手が泣いてんじゃねぇかよ」

「泣いていいます。ただ、全力で正面から戦った選手たちは、今この瞬間、一番輝いている」

全力で戦った彼らをたたえている。自チームに戻った選手が励まし、見にきた両チームの親、観客までも拍手でたたえている。

「勝ち続けて日本一を目指すのもいい。ただ、心を動かすのは、この瞬間を戦っている者だ」

＊

「お前、今日も早いな。毎日毎日頑張るねぇ」

「うるせえな。お前には関係ねぇだろ」

「ははっ！　どんなに努力したって、しょせん俺らがいける範囲なんて限られてんぞ？　だまって人様の足元を作ってればいいんだよ」

ポンと肩を叩き、欠伸をしながら事務所を出て行った。

薄汚れた作業服を身に纏い、夜中の現場へと向かう。

多くの人が眠りについた頃に動き出す。朝日が昇り、人々が動き始める前には、そこからいなくなる。それが今や有り難い。少しだけ気持ちが落ち着けた。だって、日の当たる世界は眩し過ぎるから。

自らの姿をさらすことなんて、できはしない。

たまに通る人も、同じように暗闇を好んでいるように映った。

夜中の作業員二人、誘導員一人、作業を見守る。それが生涯かけてやる仕事だ。

日が昇り始め、作業員たちが仕事を終えるのを見届け、帰る準備を始めていた。

「お疲れ」

声がする方へと振り返ると、そこに社長が立っていた。とっさのことに思うよう声を出せず、ちょこんと頭を下げた。

「このあと空いてるか？」

手元の時計は、朝六時十五分を回っていた。

「少し付き合えよ」

立場を利用した強引なやり口に反論できるはずもなく、仕方なく頷いた。

荷物を背負い動ける意思を示したが、社長はそこから動こうとする気配がなく、世間話が始まった。

一人、また一人と、人の動きが活発になり、ソワソワし始める。

「あの、社長。すみませんが」

「おぉ！　おはよう！」

「〇〇さん、お久しぶりです！　元気ですか？」

「まぁ、ぼちぼちかな」

「そんなこと言って～。飲みすぎなんじゃないんですか？」

「はっはっ！　ほっとけ！　今日も仕事か？　頑張れよ」

スーツを着た自分と同じぐらいの年の人は、軽くお辞儀をして足早に去っていった。

「知り合いなんですか？」

「まぁ、そんなとこだ」

その後も、社長と会話を交わす者が何人か現れては、通り過ぎていった。

賑やかで明るい世間に耐え切れず、背を向けた。

目の前に、小さな子どもがいる。こっちを見ている。

手にはピンクの花。その花に負けないぐらいの笑顔が咲いている。

「ありがとうございます」

＊

「ぎゃぁーーーーーーーーーー」

「ぎゃぁーーーーーーー」

「うわぁぁぁぁぁぁぁ」

地鳴りのような声に思わずうずくまる。

一瞬一瞬が濃く、頭の中に流れ込んでくる。

身を縮めるように身体を固く締め付ける。


どれぐらい経ったのかわからない。肩をポンと叩かれる。反応がないのを確認し、少し強く叩いた。

その者は何かに気づき、そっと身体を緩める。

「ほらっ何してんだ宙。行くぞっ」

翔が手を差し伸べている。

「あんた、なんでうずくまってんのよ。だらしがないわね」

エリのいつものあきれ顔、その向こうに腕を組んだ高宮がいる。

宙は立ち上がり辺りを見渡した。

万華鏡のようなガラス張りの部屋。

一瞬一瞬、移り変わる魅惑的な映像。頭がズキズキと痛む。

今の今まで、何か叫び声のようなものが聞こえていた。そんな気がした。

彼らにそれを訊こうとしたが、やめた。

おそらくあれは聞こえていなかったかもしれない。

そしておそらく、入り口付近にうずくまる者にも気づいていない。

彼らに背を向け、歩き出す。

そっと子どもの手を取った。

顔を上げた子どもに微笑みかけ、頷いた。

「大丈夫、僕がいるから」

＊

先生が驚いた表情を浮かべている。

「え……あ、お、おかえりなさい」

「…………」

ドアの前に立っている者はそっと頭を下げた。

「あ、えーと。その、おかえりなさい」

「はい」

「えー。他の人は」

「どこかに行ってしまいました」

「あっ、そうですか。そうですよね」

「はい」

「あ、えっと。それで宙君のみということですね」

「はい」

「なるほどですね。そうですか。他のみなさんは戻ってこられなかったと」

「はい」


成熟した世界を嫌った者は戦争を起こし、戦争に立ち向かった。最後、どうなったと思いますか。そこのベランダから飛び降りたんです。貧弱な世界ほど、自らの命を絶っていく。

人間らしさというのをはき違えている。

すべて人任せにする時代がくれば、すべて自分事として捉えろとする時代もきた。すべてを貪るように、すべての声を奪おうとした。


楽をしたいのでも、何かを手にしたいのでもない。

ただ、偶然、生まれてきた自分を愛し、全うしたいのだ。全権限を持った一人生を。

それなのに、どの時代も自分のことしか考えない。

過去がどうとか、未来がどうとか、そんなことどうでもいい。過去の前提からも未来の可能性からも自由である。そんな時代は、いつになっても訪れない。

過去にどれだけ努力したとか、そんなことにこだわっていたら、今この瞬間を大切にできやしない。

未来の可能性を信じて歩き続けたところで、今この瞬間を大事にできない。

この永遠には、どんな憧憬もいつかは失われていく。そんなことを求めるより、すべてのものに驚異を示すのが世のため。

世界一の選手になる？　世の中を動かす社長になる？　イケメンが好き？　それらがはびこった世の中になるから、自由も平等も訪れない。だから自ら求めるものすら見つからない始末。

だから、私がその望みを叶えてあげた。みんなが望むようなものを提供した。

誰もこの真意にたどり着かない。

みんながあの部屋にのみ込まれる。

彼らが幸せに死を迎えられるように。彼らが一つの人生で味わえるすべての驚異を。退屈することなく、休むことなく。次から次へと、ひたすらに。

「一寸先は闇」であるという、その真実の非情性をごまかしなく見据えた上でなお、我々各自は、いかにして良く生きることができるのだろうか。

ただ、君は違った。世の中の驚異に騙されることなく、あの部屋を出られた。

「先生は、どうしてここにいられるんですか？　何か、誰かを探しているんですよね？」

そこにいつもの柔和な笑みはない。たじろいで、ごまかす。

「僕にもお手伝いできませんか？」

「ありがとう。その気持ちだけでうれしいですよ」


この世界から驚異がなくなると、人々は生きることができない。様々なものが掘り起こされ、隙間なく物事が押し込まれ、すべてが自明になっていく今、多くの人がいなくなるのも無理はない。

そんな世界、誰が生きていたいと思えるのか？　誰もが胸を張って生きていたいと思えるのか？　驚異を失った世界、驚異を奪い合う世界に未来はない。だから、あの部屋を創った。今までの私が経験してきた、何万年にわたる驚異を集結させた。いわば、驚異の図書館。

「驚異の図書館……」

そう、驚異の図書館。君なら気に入ってくれるでしょ。私は、ずっと君たちが何を望んでいるのかを探していた。偶然ここにやってきた美しい邂逅を、そのまま美しい記憶として残したかった。ただ、君だけはわからなかった。君の望みは、彼らと一緒にいることでもなかった。

「君の望みはなんだ」

僕は、僕は、僕は。

*

ひたすら走る。ただただ何かを求めて、ひたすらに。

（はぁはぁはぁ）

走り続けると、見覚えのある交差点に差し掛かった。

「だめです、だめです」

（ざわざわ）

安定した日常を揺るがす声に、非日常が訪れる。しかし、時が経つにつれ、日常へと戻り、人々が通り過ぎていく。何事もなかったように思い思いにしゃべっている。

「だめだ、だめです！」

（はぁはぁ）

「だめです！　渡っちゃだめです！」

道行く者にまぎれ、立ち止まって宙を見つめる二人の兄弟がいた。その横をカツカツと音を立てて通り過ぎる大人の女性。宙はその女性の腕を掴んだ。

「え、誰ですかっ？　やめてください!!」

「いや、だめだ！」

再び、辺りがざわつく。

「だめです！　子どもたちが見てます‼　この子たちが」

「なんだてめぇ？　離せよ！　ふざけんなよ、おい！」

「だめ、だめだ、だめなんですっ‼」

「おい、誰か警察呼べ、警察呼んでくれっ！　ここに不審者がいるぞ」

「あっ。だめです！　だめだ！　渡っちゃだめだっ！！！」

地べたに這いつくばる宙の横を一人、また一人と通り過ぎていく。

「ほらいくぞっ」

赤信号で立ち止まっていた兄が弟に声をかけた。

「…………」

「おい、何してんだ？　俺がいるから大丈夫だって！　な？　大人になればわかるって！　ほらっ」

（ガシャン！）

兄の姿は、そこから消えていた。

「そんな……」

警察官が現れて、宙の前に立ちはだかった。

「君だね？　今不審者がいるって通報が入った。ご同行願いますか」

「いやだって、あそこに子どもが」

「あぁ、子どもね。誰かが救急車呼んだから大丈夫。警察の仕事は、君みたいな者から市民を守ることだから」

「だめだ、だめだ。君は決して渡っちゃだめだ」

宙の声が、むなしく響いた。

エピローグ

（ガラッ）
ドアが開いて、一人、教室に入ってくる。
席に座り、しばらくしてからスッと立ち上がる。
教室の隅に追いやられていた三脚を教壇の上にたてる。
そっとカメラに触れる。
（カシャッ）

一枚のカラー写真も、そのうち色あせていく。
そのまま歩を進め、ベランダへと向かう。
下にいる者たちがまばらにこちらを見ている。
すると、ふと何かに気が付く。

「ねぇ、そっち行ってもいい？」

著者プロフィール
小夜流 雄貴（こやる ゆうき）
1995年神奈川県生まれ。
東京農業大学卒業。現在、愛媛県在住。

永遠と驚異

2023年12月15日　初版第１刷発行

著　者　小夜流 雄貴
発行者　瓜谷 綱延
発行所　株式会社文芸社
〒160-0022　東京都新宿区新宿1－10－1
電話　03-5369-3060（代表）
03-5369-2299（販売）

印刷所　株式会社フクイン

ISBN978-4-286-24671-0